시티홀

시티홀

편정인

제8회 이화글빛문학상 수상작

글빛

차례

1
손님

나는 눈이 좋다.

눈이 좋은 건지, 눈이 좋은 건지, 고민할 사람들을 위하여 한 번 더 말해준다.

오른쪽은 1.5, 왼쪽은 1.2다.

그러면 사람들은 아아, 하며 고개를 끄덕인다. 눈이 좋구나, 하며 고개를 끄덕인다.

사실 눈이 좋은 것은 지금 내가 말하려는 사실과 아무 상관이 없다. 나는 반드시 도수 0.0의 서클렌즈를 낀다. 이것은 내가 눈이 좋지 않기 때문에 렌즈를 끼는 것도, 눈이 좋기 때문에 도수 0.0을 끼는 것도 아니기 때문이다. 반드시 이틀 동안 아리수에 불려놓은 일회용 렌즈만 낀다. 반드시 아리수여야만 하고, 반드시 일회용 렌즈여야만 한다.

그럼,

세상이 눈물져 보인다. 실비 내리는 먹구름 낀 하늘 아래서 있는 기분이다. 가슴 한쪽이 여리여리 저려오면서 진짜로 눈구멍에 눈물이 가득 찬다. 나 자신이 불쌍해진다. 세상에서 가장 불쌍한 사람이 된 나는, 비 내리는 하늘 아래서 묘하게 비틀린 세상을 바라보고 있다. 그런 나를 보는 사람들은, 내 또렷하고 새카만 눈동자에 반한다. 나는 예쁘다.

난 예쁘다는 사실만으로도 충분히 훌륭했다. 하지만 엄마는 이토록 예쁜 날 대학에 보내보려 안간힘을 썼다. 수능 성적표가 나왔고 원서를 썼고, 실기를 봤다. 모두가 내 미모에 반했지만, 아무도 내 작품에 반하지는 않았다. 대학에서 그리라고 내주는 식물이, 섬유가, 목재가 싫었다. '합격'이라는 탐욕의 눈빛들을 한몸에 받으며 축 늘어져 있는 그 모습들이 너무 익숙해서, 그냥 어딜 가나 볼 수 있는 그런 광경 같아서 역겨웠다. 아무데서나 볼 수 없는 살아 있는 것, 아름다운 것을 그리고 싶었다. 시험장에 있는 '것'들 중

살아 있고 아름다운 건 나밖에 없었다. 미술학원에서 배운 스킬을 쓰는 대신, 캔버스 앞에 앉아 거울만 봤다. 모든 것이 부질없어 보였고, 거울 속엔 아름다운 내가 있었다. 아름다운, 내가, 있었다.

갑자기 비가 내리기 시작한 하늘 아래, 'INTHERAIN'이라는 간판 아래, 방금 산 빨간 우산을 팡, 하고 터뜨린 남자가 건너편의 나를 바라봤다. 그의 새빨간 새 우산에 빗방울들이 톡, 톡 하고 떨어져 흘러내렸다. 빗방울이 핏방울이 되는 순간이었다. 문득 이 세상이 낯설었다. 하늘에서 물이 낙하하고, 사람들은 그 물을 피하기 위해 쇠꼬챙이에 비닐을 씌운다는 사실이, 비닐에 그림을 그리고 색을 칠한다는 게. 그들은 그리지 않고서는 살 수가 없는 모양이었다. 식물을, 섬유를, 목재를 그리는 것은, 대학을 가기 위한 것이 아니라, 비를 피하기 위함이었는지도 모르겠다.

나는 지금 편의점에 간다. 무얼 사러 가는 게 아니라 무얼 팔러 가고 있었다. 시간당 4,400원의 돈을 받고 내 의지와는 상관없이 밀려오는 시간들을 죽이는 일이었다. 편의점에서 내 시간의 가치는 4,400원이었다. 일류대학을 나와 과외를 하는 친척오빠의 한 시간은 이만 원이었다. 나는 분했다. 그의 인생은 이만 원 곱하기 이십사 곱하기 삼백육십오 곱하기 팔십 원인데, 내 인생은 사천사백 원 곱하기 이십사 곱하기 삼백육십오 곱하기 팔십 원이라는 사실이. 하지만 또 그렇게까지 분하지는 않았다. 그는 대학을 나오기 위해 엄청난 돈을 썼으니까. 그가 지금 돈을 버는 것은, 부모님께 빌린 대학 등록금을 갚는 일이었다. 그는 똑똑한 채무자였고, 적어도 난, 멍청해도 빚은 없었다.

오전 근무자는 재빨랐다. 내가 딸랑거리는 종소리와 함께 유리문을 밀고 들어가자마자 앞치마를 벗어던지더니 명찰에 붙은 바코드를 찍고 퇴근 버튼을 눌렀다. 유통기한이 1초, 아니 그 이상 지난 바나나 우유와 삼각 김밥, 샌드위치 등을 큰 배낭에 쑤셔 박더니, "수고하세요."라고 걸쭉하게 외치며 다시 딸랑, 하곤 사라졌다. 딸랑거리는 소리와 함께 난 고요 속에 남겨졌다. 고양이의 방울이 멀어져가는 소리를 들으며 홀로 남겨진 쥐가 된 심정이었다. 고양이가 두려웠지만, 방울은 그리웠다. 난 천천히 우산을 내려놓고, 내 명찰을 찾아 바코드를 찍는다. 출근 버튼을 누르고, 그의 분주했던 아침 냄새가 밴 앞치마를 몸에 두른다. 명찰을 앞치마에 달고 나자, 할 일이 없다. 없다, 할 일이.

돈을 버는 시계침은 느리게 간다. 돈을 쓰는 시계침은 늘 빠르게 가는데 말이다. 돈이라는 차갑고 육중한 금속성의 욕망을 가득 짊어진 채 걸어가는 초침은 너무나 지친다. 그래서 나도 지친다. 콘돔을 찾는, 그런데 아무리 둘러봐도 없는, 뭐 찾으시는 거 있냐는 내 질문에, "아아아뇨!"라고 대답해놓곤, 결국 한참 만에 들고 오는 건 콘돔인, 그런 사람들을 대하고 있으면 답답하다. 왜 당당히, '콘돔 어디 있어요?'하고 물어오질 못하는 거야. 작고 납작한 상자의 좁은 면에 지그시 붙어 있는 바코드를 찍으며 나는 속으로 비웃는다. 병신, 하면서.

아침엔 비가 내리지 않았다. 그리고 지금은 비가 내린다. 사장이 크고 기다란 상자를 이고 들어오더니 매대 앞에 내동댕이쳤다. "뭐예요?" 물으니 "우산"하고 짧게 대답한다. 우린 상자를 열고 길고 짧고 무겁고 가벼운 우산들을 꺼내 진열한다. 진열되는 가지각색의 우산들은 빠르게 팔려나간다. 손님들은 물에 빠진 생쥐 꼴을 한 채 가장 싼 게 뭔지 물었고, 난 "하얀 거요!"라고 대답했다. 아무것도 그려지지 않은 것은 제일 쌌다. 그래서 사람들은 식물을, 섬유를, 목재를 그리나 보다, 하고 생각했다. 사람들은 비를 피해 돈을 벌어 대학에 가려고 식물을, 섬유를, 목재를 그리나 보다, 하고 생각했다.

제일 싼 하얀 우산을 삼십 개쯤 팔았을 때, 삼십일 번째 손님이 딸랑, 하며 들어왔다. “어서 오세요, 쥐에스이십오입니다.”라고 말했고, 손님은 “안녕하세요!”라고 소리쳤다. ‘어서 오세요’의 대답이 ‘안녕하세요’인가. 손님의 엉킨 머리카락 끝에서 빗물이 또옥, 또옥 떨어져 바닥을 적시는 광경을 바라봤다.

빗물의 흔적은 우산들을 향해 가지 않았다. 손님은 밑창이 다 닳아져 아스팔트에 붙은 껌 딱지 하나라도 여실히 느낄 수 있을 만한 컨버스화를 신고 자박자박 걸었다. 닳아진 밑창만큼 그 걸음도 정직해 보였다. 지루하고 지루한 난, 손님을 관찰하며 시간을 죽였다.

손님은 과자 코너에 서 있었다. 여전히 축축한 머리카락에서는 천천히, 그러나 끊임없이 또옥, 또옥 하고 빗물이 떨어져 내렸다. 휘이잉, 하는 바람소리가 유리문을 두드렸다. 그 소리가 예사롭지 않았고, 비를 잔뜩 맞고 과자 코너 앞에 서 있는 저 손님 또한 예사롭지 않았다. 젖은 머리는 빗질 한번 하지 않은 것처럼 제멋대로 엉켜 있었고, 여드름이 뒤덮인 피부는 우둘투둘 귤껍질 같았다. 원래 빨간색이었으나 때가 타서 와인색이 된 건지, 아님 처음부터 그냥 와인색이었는지 알 수 없는 커다란 후드 집업과 회색 면티, 서태지와 아이들이나 입었을 법한 통 큰 청바지를 입고 있었다. 손님은 수미칩을 집었다. 먹을 듯이, 당장 사겠다는 듯이, 계산대로 가지고 왔다.

그리곤 수미칩을 번쩍 들고 내게 물었다.

—초록색 없어요?

—네?

—초록색 수미칩은 없냐구요.

—네, 거기 있는 게 다예요.

손님의 목소리는 발랄했다. 따지거나, 화내거나, 당당한 게 아니라, 발랄했다. 즐거웠고 신나 보였다. 손님이 내뱉은 소리들이 통통 튀어 편의점 안을 가득 메우는 것 같았다. 난 초록색 수미칩이 뭔지 몰랐고, 우리 가게엔 주황색 수미칩밖에 없었다. 손님은 과자 매대 앞에서 한참을 서성이다가 다시 포카칩을 들고 와 내게 물었다.

—초록색 없어요?

—아, 어니언이요?

—네, 양파요.

—다 떨어졌나 봐요.

손님은 '이런 대참사가!' 하는 표정으로 한숨을 푸욱 쉬더니 돌아갔다. 그리곤 다시 한참을 서성이다가 결국 양파링을 집어왔다. 초록색을 좋아하는구나, 양파를 좋아하는구나, 생각했다. 그리고 왜 양파는 초록색인지, 아니, 초록색은 양파인지 생각했다.

삑 소리가 나고, 멤버십카드가 있냐고 물어봤고, 손님은 없다 했고, 난 구백 원이라 했고, 손님은 천 원을 내밀었고, 난 백 원을 거슬러주었다. 이렇게 난 수많은 사람들을 만난다. 그들과 나의 관계는 늘 이 정도의 계약이다. 영수증을 달라 하는 사람이 있고, 스타킹을 뜯어봐도 되냐는 사람이 있다. 다시 찾아와 반품을 하겠다는 사람도 있다. 하지만 그 어느 것도 나와 손님 사이를 가로막은 청록색 때 탄 계산대를 넘진 못한다. 그들은 끊임없이 내 앞을 맴돌기만 할 뿐이다.

손님이 내게 양파링 봉지를 불쑥 내밀었다.

—하나 먹어요.

자극적이고 인위적인 양파향이 훅 끼쳐왔다. 코가 간질거려 재채기가 나올 것 같았다.

—아뇨, 괜찮아요.

—먹고 싶은 거 알아요. 나도 얼마나 먹고 싶었는데.

손님은 더 이상 권하지 않고 맛있게 양파링을 먹는다. 계산대 앞에 서서 나를 빤히 쳐다본다. '비에 쫄딱 젖은 손님이 양파링을 먹으며 편의점 알바생을 쳐다본다'와 '편의점 알바생을 쳐다보며 양파링을 먹는다' 중 어떤 문장이 더 적절한지 모르겠다. 그만큼 손님은 이 모든 일에 집중하고 있었다. 비 내리는 오후 4시, 물 한 방울 떨어지지 않는 편의점 안에서, 빗방울을 또옥, 또옥 떨어뜨리는 손님이 위태위태 양파링을 먹는다. 편의점 알바생은, 이틀 동안 아리수에 불린 도수 0.0의 서클렌즈 때문에 아리아리한 눈앞의 손님을 바라봤다. 그가 위태위태한 건가, 내 눈 앞이 아리아리한 건가. 좌싹, 좌싹 양파링 깨지는 소리가 마치 파도 부서지는 소리같다고 생각하며 난 한참을 그렇게 서 있었다.

―양파를 엄청 좋아해요.

양파링 봉지를 높이 쳐들고 가루까지 핥아 먹은 손님이 갑자기 말했다.

―양파 싫어해요?

―좋아하진 않아요. 맵잖아요.

―그쪽이 낀 서클렌즈보단 안 매워요.

―서클렌즈는 맵지 않아요. 건조하고, 뻑뻑하고, 신경질 날 뿐이죠.

―그게 세상에서 제일 맵네요. 건조하고, 뻑뻑하고, 신경질 난다니.

손님은 질색을 하며 양파링 껍질을 반듯이 접었다. 한

번, 두 번, 세 번 가로로 길게 접더니 딱지 모양으로 비틀었다. 그리곤 내게 내밀었다.

— 버려줘요.

난 딱지 모양의 양파링 껍질을 받아 바로 옆에 있는 쓰레기통에 버렸다. 손님은 뒷짐을 지고 어슬렁거렸다. 주기가 길어져 간헐적으로 또옥, 또옥 떨어지는 빗방울이 그의 궤도를 만들었다. 음료수 냉장고 옆을 지나, 햄과 어묵을 보고, 과자를 구경하더니, 생리대 옆으로 갔다. 삼각 김밥과 도시락을 훑어보곤 콘돔 앞을 지나며 피식 웃었다. 그리곤, 나갔다.

세찬 빗속으로.

난 당황했다. 맑은 하늘 속으로 들어가듯 세찬 빗속으로 사라져버린 손님이 이제껏 나와 대화를 나눴다는 사실이 이상했다. 난 손님이 만들어놓은 빗방울 궤도들을 한참 동안 바라봤다. 불연속적으로 또옥, 또옥 떨어진 물방울들이 금방이라도 날아가버릴 듯 위태로웠다. 비 내리는 오후 4시, 난 허망하게 물이 증발해 사라지는 모습을 지켜보았다.

손님은 이틀 뒤 다시 왔다. 구름 한 점 없는 화창한 날이었다. 날씨도 조금씩, 조금씩 따스해져왔다. 선선한 바람만 머리칼을 빗어줄 뿐, 스타킹에 치덕치덕 달라붙는 습기도, 무릎을 발갛게 하는 냉기도 없었다. 그런 좋은 날, 그 손님이 다시 온 것이다.

옷과 머리가 꼬실꼬실 다 마른 것을 빼곤 이틀 전 차림새와 똑같았다. 똑같은 컨버스화, 똑같은 와인색 후드 집업, 똑같은 회색 면 티를 입은 손님은 그 전과 똑같이 딸랑이며 들어왔다. 그리곤 내게 다가왔다.

— 우산 있어요?

— 네? 우산요?

— 네, 우산요. 저번에 안 산 것 같아서.

손님은 천진무구한 얼굴로 날 보며 웃었다.

— 우산 저기 있긴 한데……. 안 사셔도 될 것 같아요. 날씨, 좋잖아요.

— 사고 싶어요, 우산. 날씨 좋아도, 사고 싶어요.

단호하게 말한 그는 시식대 옆 우산 꽂이로 걸어갔다. 닳아진 운동화가 바닥을 거닐며 자박자박거렸다. 손님은 아무것도 안 그려진 하얀 우산을 가지고 왔다.

— 얼마예요?

— 오천 원이요.

— 그렇게 비싸요?

— 그러네요.

손님은 입술을 쭉 내밀고 고민했다. 단정히 포장된 우산을 천장을 향해 높이 쳐들고 그 끝을 바라봤다. 화려한 불꽃이라도 터지길 기다리는 것처럼.

— 저기, 그럼요.

내가 말을 걸었다.

— 잘 안 접혀지는 불량이 하나 있는데 그거 드릴까요?

— 안 접혀진다고요?

손님은 갑자기 밝아진 얼굴로 되물었다.

— 네. 다른 분이 사가셨다가 너무 빡빡하다며 교환해갔어요.

— 저 준다고요?

— 네.

난 과자와 라면들이 빽빽이 쌓여 있는 창고로 들어갔다. 팔 한쪽 제대로 들기 어려운 비좁은 공간에서, 저 위에, 과자 선반과 라면 선반에 양 팔을 하나씩 걸고 있는 펴진 우산을 간신히 빼냈다. 활짝 펴진 우산을 머리 위로 치켜들고 창고를 빠져나왔다. 손님은 기대에 찬 눈빛으로 날 바라보고 있었다. “이거요.”하고 우산을 건네자 활짝 웃는 얼굴이 마치 어린아이 같았다. 하지만 손님의 손톱은 길었고 그 사이엔 까만 때가 자글자글 끼어 있었다. 얼굴은 지쳐보였고, 꼬불꼬불한 머리카락은 빗질도 제대로 되어 있지 않았다. 나이를 가늠할 수 없었다. 손님은 계산대 뒤 선반에 있는 연필꽂이를 들여다보더니 팔을 쭉 뻗어 매직을 꺼냈다.

— 친해지고 싶어요.

손님은 매직과 우산을 내게 내밀며 말했다.

— 친해지고 싶다고요?

— 네.

난 얼떨결에 매직과 우산을 양손에 받아들었다. 어쩌라는 건지. 그때 다른 손님들이 딸랑이며 들어왔고 난 그들을 쳐다보지도 않고 기계처럼 “어서 오세요.”라고 말했다.

— 왜요?

— 친해지고 싶은데 이유가 필요하나요.

— 필요한 것 같아요.

— 그럼 우산에 번호를 적어주세요.

— 무슨 번호요?

— 핸드폰 번호요.

수많은 남자들이 번호를 따갔다. 이상형이라며, 운명이

라며, 첫눈에 반했다며, 초콜릿을 사주고, 캔 커피를 내밀었다. 하지만 번호를 따겠다는 '여자'는, 처음이었다.

—제 번호요?

—네.

—왜요?

—친해지고 싶으니까.

—그니까 저랑 왜, 친해지고 싶은 건데요?

—예쁘잖아요.

난 그 한마디에 내 핸드폰 번호 11자리를 군말 않고 써주었다. 아무것도 그려지지 않은 새하얀 비닐우산에. 또박 또박. 나는 비를 피해, 돈을 벌어, 대학에 가려고, 우산에 내 번호를 그리는 게 아니다. 난, 그냥, 그냥, 난, 예쁘니까, 우산에 11개의 숫자를 그리는 거다. 그이가 여자든 남자든 상관없었다. 인간은 당신이 예쁘면 번호를 원하나 보다.

—전화할게요.

유리문을 밀고 나가는 손님의 모습이 하얀 우산에 반쯤 가려져 있었다. 까만 매직으로 써진 내 번호가 햇빛을 받아 반들거렸다. 내 번호를 이고 떠나는 손님의 모습을 보며, 난, 허망했다.

2
시티 홀

엄마가 또 아프다. 엄마는 늘 아프다. 엄마는 살다가 아픈 게 아니라, 아프게 산다. 안방에서 들려오는 앓는 소리가 집안의 공기를 무겁게 가라앉힌다. 동생은 묵묵히 라면을 끓인다. 인생의 모든 열정을 라면에 쏟아보겠다는 듯, 달걀을 예쁘게 깨뜨리고, 예쁘게 푼다. 정성을 다해 젓가락을 놀린다. 파를 꺼내어 송송송 써는 모습을 보다가, 라면 후레이크는 안 넣을 거냐는 내 말에, 아, 하고 작게 신음한다. 동생은 후레이크 봉지를 뜯어 내용물을 싱크대에 탈탈 털더니, 중얼거린다. 여기에 진짜 파는 없어. 그런 동생의 뒷모습을 보는 난 갑자기 무기력해진다. 그래서 소리친다.

— 엄마, 조용히 좀 해!

그러자 거짓말처럼 엄마의 앓는 소리가 뚝 그친다. 이제 엄마는 앓는 소리를 그만두고 우는 소리를 내기 시작한다. 딸년, 자식새끼, 키워 놔 봤자 같은 단어들이 얼핏 얼핏 들려온다.

라면을 다 끓인 동생은 가스 밸브를 잠그고 냄비 받침대를 가져온다. 냄비에서 올라오는 김이 뜨겁다. 우린 전투적으로 먹기 시작한다.

— 누나.

— 응.

— 누나 알바 가면.

— 응.

— 나는 뭐 해?

라면이 너무 뜨거워서 말이 안 나왔다.

— 나는 엄마랑 뭐 해?

— 글쎄.

— 왜 엄마는 맨날 아프지.

— 글쎄.

— 누나는, 언제 알바 안 가고 대학 갈 건데?

나는 더 이상 잡히지 않는 면발을 잡아보려 애쓰다가 결국 젓가락을 놓는다. 드르륵 의자를 밀고 일어나 수저를 싱크대에 던진다. 냉장고에서 생수를 꺼내 벌컥벌컥 들이켰다.

—넌 꼭 알바 가지 말고 대학 가. 그럼 엄마 안 아파.

등을 구부린 동생의 뒷모습을 보는 난 다시 한 번 무기력해진다. 금방이라도 바람에 고꾸라질 것 같은 넓고 얇은 등이었다. 엄마의 우는 소리는 화창한 봄날의 새소리처럼 먼 곳에 있는 양 실감나지 않았고, 동생이 냄비바닥을 젓가락으로 긁는 소리도 나와는 상관이 없는 것 같았다. 렌즈를 끼고 파운데이션을 바르고, 팩트를 두드린다. 컨실러로 여드름 흉터를 가리고 아이라인을 그린다. 펄이 들어간 복숭아색 아이 팁으로 눈매를 강조하고, 공들여 반듯한 눈썹을 그린다. 짙은 푸른색과 갈색 아이섀도로 눈꺼풀에 생기를 준 뒤 뷰러로 속눈썹을 치켜세운다. 거울에 빠져들 듯 신중히 마스카라를 하고, 마지막으로 볼을 오렌지색 블러셔로 두드린다. 진하고, 수줍게.

그리고 난, 편의점에 간다. 알바를 하러 편의점에 간다.

엄마는 내가 공순이가 될까봐 전전긍긍했다. 나라고 노력을 아예 안 한 건 아니었다. 공부는 아니다 싶어 붓을 들었고 주말마다 편의점 아르바이트를 하며 학원비를 보탰다.

그땐 미술을 하기 위해 돈을 벌었는데, 지금은 미술을 못해서 돈을 벌고 있었다. 그게 그거 아닌가? 배우기 위해서 돈을 버는 거나, 배우지 못해서 돈을 버는 거나. 결국 내 인생은 돈을 벌다가 끝날 것만 같았다.

요즘 젊은이들이 취직이 안 되는 이유가 그들의 '눈높이' 때문이라고 새로 편성된 TV 채널이 말했다. 그 채널이 믿을 수 있는 채널이든 아니든, 나보다 훌륭한 건 분명했다. 그 한마디에 난 눈높이를 낮췄다. '아, 시발 대학 안 가!'라고 소리쳤고, 자격증을 따서 중소기업에 취직하겠다는 생각을 했다. 어쨌든 편의점보단 높은 시급의, 나은 조건의 일자리를 얻고 싶었다. 나를 비롯한 대부분의 사람들이 그렇듯, 이를 꿈이라 말할 순 없었다. 막연한 생각이었다. 난 막연한 생각으로 세상을 살았다. 그리고 이 시대 대부분의 젊은이들 또한 그런 것 같아서 특별히 내가 한심하진 않았다.

발로 꾹꾹 눌러 짠 밀걸레를 모퉁이에 세워놓고 물 묻은 손을 앞치마에 문질러 닦았다. 문자 메시지가 와 있었다. 마침 기다리던 택배가 있어 재빨리 메시지를 열었다. 하지만 메시지는 다운로드 버튼이 있는 멀티메시지였다. 버튼을 누르자 첨부된 사진이 떴다.

'시티 홀로 오세요. 베이글 + 커피가 천 원!'

광고 메시지였다. 세련되고 깔끔한 배경에 '시티 홀'이라는 글자만은 한글로 큼직하게 새겨져 있었다. 대체 무슨 생각으로 '시티 홀'을 한글로 썼는지, 인사동 거리에 있는 카페인지 싶었다. 커피 잔에 담긴 놀랍도록 새카만 커피에서 놀랍도록 새하얀 김이 올라와 갑작스럽게 방향을 틀더니 '시'자의 머리 위에 그늘을 드리웠다. 커피가 뜨거워서 올라오는 김인지, 커피가 타버려서 올라오는 연기인지 그림만 봐서는 알 수 없었다.

아니, 그보다 베이글과 커피가 합쳐서 천 원이라니? 믿을 수 없었지만 '천'마저도 한글인지라 의심의 여지가 없었다. 스팸문자라는 짜증보다도 가봐야겠다는 생각이 먼저 들었다. 싸니까, 그러니까 싸니까 말이다. 싸면, 모든 게 용서되는 세상 아닌가. 위치를 찾아보려 했지만 광고엔 전화번호도, 주소도 없었다. 그때 딸랑, 하며 커플 한 쌍이 유리문을 밀고 들어왔다. 난 '시티 홀로 오세요.'란 문구를 보며 중얼거렸다. 어딘지 알아야 갈 거 아냐.

다시 한 달이 지나, 월급날이다. 사장님은 늘 철두철미했다. 육십만 원가량의 액수를 사천 사백 원으로 나누면 늘 정확한 정수로 떨어졌다. 보너스도, 실수도 없었다. 난 그런 인간성 없는 월급이 싫었다.

그래도 어쩔 수 없었다. 내가 싫다 하면, 대신 좋다고 달려들 사람들이 수두룩했다.

난 어쩔 수 없다는 그 사실도 싫었다.

'시티 홀로 오세요. 베이글 + 커피가 천 원!'이라는 문자가 아래로 한 칸, 한 칸 밀려나 받은 메시지함에서 사라질 위기에 처했을 무렵, 난 시티 홀을 찾았다. 드디어, 라고 말하기엔 그곳을 찾아 헤매지 않았고, 우연히, 라고 말하기엔 난 너무나 필연적으로 그 앞에 존재하고 있었다.

시티 홀이라는 카페는 내 등 뒤에 있었다. '등 뒤'라는 어설픈 위치를 설명하기 위해선 내가 일하는 편의점이 어떤 자세로, 어떤 방향을 향해 입을 벌리고 있는지 알아야 했다. 밤마다 풍기는 고기냄새에 절어버린 번화가의 아스팔트를 걸어 내려오자. 주차장이 없는 24시간 설렁탕집, 왜 24시간 운영하는지 알 수 없는 외국산 도넛 가게, 우렁찬 군가가 울려 퍼지는 내무반 식당을, 그곳에서 구백구십 원짜리 소주를 마시고 열 번 무한 리필 달걀찜을 먹고, 먹고, 먹는 사람들을 구경하며 내려오다 보면 어느새 길모퉁이에 자리 잡은 세븐일레븐 편의점이 있다.

하지만 내가 세븐일레븐에서 일하는 건 아니다.

세븐일레븐을 마주치면 휘익, 골목으로 좌회전하자. 정면에 찜질방과 화려한 불을 밝힌 모텔들이 보인다. 내가 일하는 편의점은 골목이 끝나는 지점 오른편 모퉁이에 위치한다. 골목 쪽으로 나 있는 유리문을 밀고 들어가면 카운터는 모텔촌을 등지고 빳빳이 서 있다. 난 그 좁은 공간에서 웅크린다. '등 뒤'의 모텔촌은 웅크린 내 뒤통수를 바라본다.

화려하지만 싼 티 나는 불빛을 밝히며 방금 여기서 콘돔을 산 연인들을 맞이하는 모텔들. 그 사이에 있는 듯, 없는 듯 끼어 있던 시티 홀은 투명한 유리창을 통해 내가 바코드를 찍고, 멤버십카드를 받고, 신용카드를 긁는 모습을 바라보고 있었다.

섬뜩했다.

아이스크림을 계산 않고 그냥 꺼내 먹고, 유통기한이 지나기 전에 샌드위치를 먹어버리는 내 모습을, 내 식탐을 지켜봤을 시티 홀을 생각하니 팔뚝에 오소소 소름이 돋았다.

사실 그보다 더 섬뜩한 것은, 내가 어떻게 시티 홀을 찾게 되었는지다. 비 내리는 날이었다. 커플들은 어김없이 가장 싼 우산을 찾았고, 그것도 비싸다며 불평—나보고 어쩌라고—했다. 물방울을 머금은 공기가 찌근덕거리는, 불쾌한 날씨였다. 편의점 앞에는 주황색 포장마차에서 토스트, 충무김밥, 오뎅 등을 파는 할머니가 계셨다. 가끔 만 원짜리를 가져와 오천 원짜리로 바꾸어가곤 하셨으며, 빵이나, 밥이나, 생선 냄새가 질릴 때면 편의점에 들어와 신라면을 사가셨다. 그리고 가끔 사람이 없을 때면 편의점으로 건너와 점포 운영에 대해 사사건건 참견하곤 하셨다. 간판 불이 너무 어둡다는 둥, 음악소리를 더 키워야 하지 않겠냐는 둥. 그리고 그날도, 할머니는 비를 맞으며 쪼로록, 이쪽으로 건너오셨다.

—아가씨, 저 아지메 좀 봐봐. 저게 대체 뭐하는 짓이여.

—네?

—비가 요로코롬 쏟아져 내려쌌는디, 저 아지메가 쓰레기 봉지를 뒤진당께. 다 풀어헤쳐놓고 난리가 아녀. 가서 봐봐. 말려, 얼릉.

할머니는 다시 비를 맞으며 쪼로록, 당신의 주황색 천막으로 건너가셨다. 진지한 궁서체로 써진 토스트, 김밥, 오뎅이라는 글자가 빗물에 반짝였다. 난 처음으로 내가 앉아 있는 카운터에서 몸을 돌려 뒤편을 바라봤다. 모텔 아래에 딸린 주차장의 'Paking'이라는 네온사인이 빗방울에 번져 보일 뿐, 쓰레기 봉지를 뒤지는 '아지메'는 보이지 않았다. 얕은 한숨을 쉬며 우산을 쓰고 밖으로 나갔다.

'아지메'는 내가 몸을 돌려도 보이지 않는 건물 가장자리 쪽에 쪼그려 앉아 있었다. 다 찬 쓰레기봉투를 가져다 두는 외진 곳이었다. 빵빵했을 봉투들의 매듭이 풀어진 채 사방에 널브러져 있었다. 비에 홀딱 젖은 아주머니의 등판을 검은 브래지어 끈이 가로지르고 있었다.

—아주머니.

그녀를 불렀다. 그녀는 화들짝 놀라며 돌아보았다. 흐리멍덩한 눈빛이었지만 그 속엔 진한 불안감이 깃들어 있었다. 나이가 꽤 들어보였다. 무얼 먹고 있는지 핏기 없는 작은 입술을 끊임없이 오물거렸다.

—뭐하세요, 여기서.

내 말에 아주머니는 어서 그곳을 떠나려는 것 같았다. 손에 꼭 쥐고 있던 하얀 뭉치를 급히 쇼핑백에 집어넣었다.

쇼핑백 속을 힐끗 보니, 비에 젖은 영수증이 차곡차곡 개어져 있었다.

— 영수증 가져가시면 안 돼요.

대답이 없었다. 고개를 푹 숙이고 쇼핑백을 양팔로 껴안더니 벌떡 일어섰다. 날 경계하는 눈빛으로 바라봤다. 겁에 질린 표정이었다.

— 그거 횡령죄예요. 남이 산 건데 그걸로 이벤트 응모하시면 안 되죠.

너무나 차가운 내 목소리가 낯설었다. 냉정하게 말하려고 한 건 아닌데, 목젖을 타고 올라온 진동이 바짝 얼어 있었다. 거세게 내리는 비가 우산을 탕, 탕 내리쳤다. 아주머니는 떨리는 눈동자로 날 응시한 채 뒷걸음질 치더니 순식간에 뒤로 돌아 빠른 걸음으로 길을 건너기 시작했다. 한 손으로 쇼핑백을 안고 한 손으론 등판에 쫘악, 달라붙은 흰 셔츠를 떼어내며 걷는 모습이 위태로웠다. 떼어낸 손이 무색하게, 셔츠는 다시 등판에 쫘악, 달라붙었다.

아주머니가 길 건너 들어간 곳이 시티 홀이었다.

공교롭게도, 시티 홀이 있는 건물은 편의점 바로 뒷건물이었다. 1층엔 모텔의 'Paking' 공간이 까만 입술을 벌리고 있었고 3층과 4층은 나도 아는 parking의 철자를 틀린 사장이 모텔을 운영하고 있었다. 모텔의 이름은 'MOTEL SAIPAN'이었고, saipan의 철자가 맞는지 틀렸는지 찾아봤지만, 재미없게도 사이판은 saipan이었다. 보이진 않았지만 지하 1층엔 '하와이 섹시 크럽'이 자리 잡고 있다고 멋없는 간판이 말해주었다. 왜 하필 또 '크럽'인지, 저 건물의 간판장이는 영어를 맞게 쓰지도, 맞게 읽지도 못하는 것 같았다.

시티 홀은 '크럽'과 'paking'을 깔아뭉개고, 꾸리꾸리한 모텔방들을 짊어진 채 2층에 끼어 있었다. 아주머니가 들어간 입구 옆에는, 내게 온 문자 메시지의 사진과 똑같은 디자인의 입간판이 서 있었다.

'시티 홀로 오세요. 베이글 + 커피가 천 원!'

입간판 앞에 한참을 서 있다가 가게로 들어왔다. 귀에는 우산을 때리는 빗소리가, 눈에는 시티 홀의 입간판이 아른거렸다. 일에 집중할 수가 없었다. 거스름돈을 자꾸만 덜 줬다. 오천 원 대신 천 원을 줬고, 계산을 못해 허둥지둥했다. 손님들은 거스름돈을 덜 줬다며 다시 돌아왔다. 근무가 끝날 때쯤, POS기에 들어 있는 현금을 점검하니 만이천 원이 부족했다. 돈을 더 줬다며 돌아온 사람은 단 한 명도 없었다. 친구 혹은 연인과 키득거리며 공돈이 들어왔다고 좋아했을 인간들이 혐오스러웠다. 내가 채워야 했다. 난 그렇게 그 아주머니 때문에, 더러운 인간들 때문에 황금 같은 세 시간을 날렸다.

알바가 끝나면 10시였다. 컴컴했고 번화가엔 온통 고기를 굽는, 혹은 구웠던 냄새가 진동했다. 집으로 향하지 않고 방향을 틀어 시티 홀로 향했다. 통유리 창을 빈틈없이 가린 흰 커튼이 은은한 빛을 발하는 것으로 보아 아직 사람이 있는 것 같았다. '베이글 + 커피가 천 원'을 맛보고 싶었다. 영수증을 긁어모으던 아주머니를 만나고 싶었다. 내게 문자를 보낸 사람의 정체가 궁금했다. 그 사람들을 만나,

어째서 시티 홀은 나도 모르게 내 뒤에 있었냐고 따지고 싶었다.

입구는 어두웠다. 붉은 색 줄무늬 벽지로 둘러싸인 좁은 계단은 가팔랐고 2층의 유리문에서 흘러나오는 작은 불빛만이 앞을 가늠할 수 있게 해주었다. 심장이 두근거렸다.

어느 누구든 새로운 사람과 새로운 천장과 새로운 소파를 만나는 것을 두려워할 것이다. 난 영수증을 긁어모으던 새로운 아주머니를, 내게 문자를 보낸 새로운 사람을 두려워하며, 밝은 유리문을 살짝 밀고 안을 들여다보았다. 눈앞에 펼쳐진 광경에 난 할 말을 잃었다.

온 세상이 하얗다. 벽도 천장도, 가운데 떡 하니 놓여 있는 커다란 원탁도 선반도 의자도 하얗다. 사방의 벽엔 마찬가지로 하얀 선반이 빽빽이 붙어 있었다.

아니, 사실 온 세상이 하얗다, 는 표현은 올바르지 못했다. 벽도 천장도 소파도 선반도 하얬지만, 하얀 선반이 하얀 벽에 빽빽이 박혀 있었지만, 그보다 더 빽빽한 건 선반 위를 가득 메우고 있는

약병이었다.

숨을 들이키며 돌아섰다. 아주 일반적인 카페의 분위기를 기대한 난, 갈색 테이블과 의자, 스피커에서 흘러나오는 팝송, 유니폼을 입고 샷을 내리는 바리스타들을 기대한 난,

집에 가고 싶었다. 계단을 한 칸, 두 칸 내려왔고, 잠시 멈춰 섰고, 다시 세 칸, 네 칸 내려왔고 잠시 멈춰 섰다. 저곳이 카페일 리 없다는 생각이 나를 돌아서게 한 건가. 저런 곳에서 내놓는 '베이글 + 커피가 천 원'이 과연 내가 생각하는 '베이글 + 커피가 천 원'일까, 하는 의구심이 나를 뒤돌아서게 한 건가.

나는 다시 한 칸, 두 칸 올라갔고, 잠시 멈춰 섰고, 다시 세 칸, 네 칸 올라갔고, 잠시 멈춰 섰다. 저곳이 카페이든 아니든 상관없었다. 난 '베이글 + 커피가 천 원'이 먹고 싶을 뿐이었고, 저곳이 약가게든, 밀매상이든, 영수증을 긁어모으던 아주머니와 내게 문자를 보낸 사람을 만나고 싶을 뿐이었다.

용기를 내어 유리문을 밀었다.

문을 밀자, 문 뒤편에 기대어 있던 가벼운 무언가가 함께 밀려가며 드르륵 긁히는 소리를 냈다.

고개만 들이밀어 무엇인지 확인했다.

우산이었다.

아무것도 그려지지 않은 새하얀 우산에 매직으로 쓰인 내 번호, 11개의 숫자가 검은 빛을 발하며 작게 울고 있었다.

검은 우산. 커다란 검은 우산. 손잡이에 '삼성 반도체 기흥 공장'이라고 정직하게, 반듯하게 쓰여 있던 검정 장우산. 아빠가 들고 다녔던 우산이기에 '아빠 우산'이 맞지만, 아빠가 들고 다니지 않더라도 '아빠 우산'이라 불러야 할 것 같은, 마치 그 우산에 붙여진 고유명사인 것처럼 당연히 그렇게 부를 수 있는, 그런 우산이 있었다. 비오는 날이었고, 생뚱맞지만 동물원이었다. 아빠는 한 손엔 작은 빵 덩어리 같은 나를, 다른 한 손엔 그 '아빠 우산'을 들고 있었다. 우린 원숭이 우리 앞에 서 있었고, 나무를 오른 원숭이는 손을 쭈욱 뻗어 검은 우산의 살 하나를 잡아챘다. 우산은 거세게 찢어졌고, 원숭이는 우리 틈 사이로 우산살을 잡고 흔들어댔다. 나는 깜짝 놀라 울어재꼈고, 아빠는 호탕하게 웃어재꼈다. 다른 관광객이 그 모습을 폴라로이드 카메라로 찍어주었다. 너덜너덜해진 우산은, '삼성 반도체 기흥 공장'이라고 쓰인 그 '아빠 우산'은, 아빠의 커다란 손에 의해 쓰레기통으로 박혔다.

힘없이 밀리는 하얀 우산을 바라보자 아빠가 떠올랐고, '삼성 반도체 기흥 공장'이 떠올랐다. 예쁘다는 말 한 마디에 내가 써주었던 11개의 숫자는, '삼성 반도체 기흥 공장'이라는 글자처럼 정직했고, 반듯했으며, 속을 알 수 없었다. 우산을 집었다. 머리 위로 슬며시 써보았고, 팽팽한 우산 아래서, 안정감을 느꼈다. 정착, 고요, 정적, 안주와 같은 단어들이 떠올랐다. 슬며시 눈을 감았다. 커다란 산소통을 메고 깊은 바다 속으로 푸웅덩, 빠져 든 느낌이었다. 나를 감싸는 공기에서 푸웅덩, 하는 깊은 맛이 느껴졌다.

—우산을 쓰면, 아늑하죠?

어디선가 들어본 것 같은 목소리에 눈을 떴다. 익숙한 얼굴이 원탁에 기대어 서 있었다. 손님이었다. 내, 편의점, 손님이었다.

손님은 그때 그 차림 그대로였다. 역시 밑창이 다 닳은 컨버스화를 신고 발끝으로 바닥을 톡톡 치고 있었다. 손님이, 아닐 수도 있다. 이젠 내가 손님이다. 이 카페에, 시티홀에 초대된 손님. 손님이었던 그 손님을 이젠 뭐라고 부를까. 손님의 반대말은 주인인가. 그렇담 난 편의점의 주인이었나. 주인이 아닌 내가 어떻게 이 손님을 손님이라 부를 수 있으며 손님의 반대말이 주인이라 말할 수 있나.

이런 쓸데없는 생각을 하며, 손님일 수도 있고 주인일 수도 있지만 내 생각엔 둘 다 아닌 이 사람을 여자라 부르기로 한다. 나보다 나이가 많아 보이긴 했지만 언니라 부를 생각은 추호도 없었다.

난 여자를 둘러싼 배경을 하나하나 뜯어보았다. 여자는 방 한가운데 놓여 있는 커다랗고 하얀 원탁에 걸터앉아 있었다. 원탁 주위엔 마찬가지로 하얀 의자가 4개 놓여 있었고, 천장도 벽도 바닥도 하얬다. 사방의 모든 벽에 기다란 선반이 천장부터 바닥까지 달려 있었다. 그 위를 빼곡히 메운 가지각색의 약병들이 마치 장난감 병정들 같았다. 현관 왼쪽 벽엔 방이 딸려 있는 양, 저 끝에 느닷없는 문고리가 삐죽 나와 있었다.

여자는 씨익 웃었다. 좁쌀만 한 눈은 작았지만 빛났고, 여드름으로 뒤덮인 피부는 흉측했지만 야무져 보였다.

―양파를 엄청 좋아해요. 양파 싫어해요?

비 한 방울 떨어지지 않는 새하얀 방 안에서 우산을 쓴 난, 여자를 멍하니 쳐다보았다.

―양파를 엄청 좋아해요. 양파 싫어해요?

여자가 다시 물었다.

―좋아하진 않아요. 맵잖아요.

―그쪽이 낀 서클렌즈보단 안 매워요.

―서클렌즈는 맵지 않아요. 건조하고, 뻑뻑하고, 신경질 날 뿐이죠.

―그게 세상에서 제일 맵네요. 건조하고, 뻑뻑하고, 신경

질 난다니.

여자는 원탁에서 내려와 내게 다가왔다. 두 손으로 우산을 붙잡고 있던 내게 손을 내밀었다.

—어서 오세요, 시티 홀입니다.

데자뷰였다. 양파, 서클렌즈, 건조, 뻑뻑, 신경질이란 단어가 그 순서를 바꾸며 머릿속에서 재배치됐다. '어서 오세요'란 말이 친숙했다. 여자의 손을 잡았다. 여자의 얼굴이 귤껍질이라면, 여자의 손바닥은 말린 귤껍질이었다. 건조하고, 뻑뻑하고, 신경질 났다.

—네, 안녕하세요.

결국 난, '어서 오세요'의 대답이 '안녕하세요'라는 걸 인정하고 만다.

3
조커

길에서 작은아버지를 만났다.

—어디 가냐.

—알바요.

—어디서 하냐.

—편의점이요.

—무슨 편의점.

—그냥, 편의점이요.

—재밌냐.

—재미는 뭐, 그냥 하죠.

—그냥 하는 일을 왜 하냐.

—돈 벌어야죠.

—돈은 왜 버는데.

—먹고 살아야죠.

—진짜 먹고 살려고 돈을 버는 거냐.

—네?

—더 잘 먹고 더 잘 살려고 버는 거 아니냐.

거리엔 벚꽃 축제가 한창이었다. 알바를 다니는 긴 거리에 이토록 많은 벚꽃나무가 있는지 몰랐다. 아니, 그보다 그렇게 무뚝뚝했던 나무들이 모두 그 이면엔 분홍빛 도는 속마음을 품고 있는지 몰랐다. 꽃들이 만발하는 4월을 제외한 나머지 열한 달을 희생시킬 만큼 벚꽃나무는 이 짧은 순간 예뻤던가?

—신경 끄세요.

—신경 끈 지 오래다.

—우리도 힘들어요.

—힘들지 않다고 한 적 없어.

—우리의 선택이었어요. 작은아버지는 작은아버지의 선택을 한 거구요.

—어서 가라, 늦겠다.

흰 마스크를 쓰고 방진복을 입은 작은아버지가 빠른 걸

음으로 길을 건넜다. 건너편엔 같은 차림의 사람들이 옹기종기 모여 앉아 있었다. 대표로 보이는 사람이 마이크를 들고 큰 소리로 무슨 말을 했다. 도로를 긁는 자동차 소리에 묻혀 잘 들리지 않았다. 머리부터 발끝까지 새하얀 작은아버지가 뒤돌아보며 내게 외치셨다.

—어머니가, 외박이 잦다고, 무슨 일 있나 걱정하시더라. 집에 좀 들어가렴.

재빨리 골목을 돌아 편의점 유리문을 딸랑, 하고 열었다. 쾌적한 바람이 온 몸을 감쌌고, 내가 있는 이곳은 고요했다. 마스크도 방진복도 마이크도 없었다. 난 머리 골치 아프게 살지 않을 것이다. 힘 있는 세상이 하라는 대로, 힘의 논리에 푸욱 빠져, 시키는 대로, 어엿차, 어엿차, 노를 젓다 보면 어찌 어찌 정박장에 도착하겠지, 이래저래 살아남을 수 있겠지, 라고 생각했다.

난 요즘 매일 매일 시티 홀에 갔다. 그곳에 가서 남의 일기를 읽었다, 밤새. 남의 일기란 긴 문장들이었다. 하지만 그 문장들이 글은 아니었다. 난 글 따위는 읽지 않는 사람이었다. 교과서, 소설책, 신문 같은 것 말이다. 글쎄, 글이란 어쩌면 '다'로 끝나는 문장일지도 모른다. 난 '어'와 '야'와 '지'와 '아'로 끝나는 문장들은 잘 읽었다. '어'와 '야'와 '지'와

'아'로 끝나는 문장들의 모임은 글이 아니었다. 말이었다. 남의 일기들이 모아진 공책을 남자와 여자, 아주머니는 '조커'라고 불렀다. 이유는 몰랐다.

하지만 나도 이 공책을 '조커'라 부르기로 한다. 간편하니까. 이를테면, 조커는 이랬다.

국민학교 5학년 때, 상대성이론을 주제로 한 영상을 봤어. 무슨 말인지, 한 마디도 이해할 수 없었지. 오로지 딱 하나만 알 수 있었어. 움직이면 늙지 않는다는 거야. 이유는 알 수 없지만 간단하잖아.

내게 조커란 단순했다. '어'와 '야'와 '지'와 '아'로 끝나는 쉬운 문장들의 모임. 어려운 단어도, 베베 꼬인 의미도 없었다. 사실과 감정의 나열이었고, 그건 그들의 삶이었다. 삶이란 단순했다. 사실과 감정의 나열인 것이다.

시티 홀에 들어섰던 첫 날을 기억한다. 한 칸, 두 칸 내려갔다가 잠시 쉬고, 다시 두 칸, 세 칸 내려갔다가 잠시 쉬었던 그 날을. 아늑했던 우산을, 아빠 우산은 아니지만 아빠를 떠올리게 했던 작은 비닐우산을. 귤껍질 같았던 여자의 얼굴과 말린 귤껍질 같았던 여자의 손을. 그 손이 안내했던 새하얀 원탁. 의자는 4개였고, 사람도 4명이었다. 마치 누군가 올 줄 알았다는 듯이, 나를 위한 자리가 있었다. 여자는 있는 듯 없는 듯 벽에 붙어 있던 문을, 똑똑, 두드렸고 낯선 남자가 한 아주머니를 부축한 채 걸어 나왔다. 영수증을 긁어모으던 아주머니였다. 비에 젖지 않아서인지 차림이 좀 더 말끔했다. 각자의 자리에 앉았고, 얼마간의 침묵이 흘렀다.

—여긴 뭐하는 곳이죠?

—카페. 베이글과 커피를 천 원에 파는 곳. 시티 홀.

남자가 대답했다. 까만 뺨테에 수염을 멋스럽게 기르고 있었고, 나이를 짐작할 수가 없었다. 눈빛에 깃든 품위는 40대로, 어깨와 팔뚝에 붙은 단단한 근육과 까맣게 그을린 피부는 30대로 보이게 했다. 몸 전체에 걸쳐 울퉁불퉁 솟은 핏줄은 거대한 산을 가로지르는 폭포줄기처럼 거세었다. 목소리는 가볍지 않았으나 결코 지나치게 진중하지도 않았고, 다만 묵직한 무게감이 느껴질 뿐이었다. 분명 반말이었으나 깔보는 투가 아니었고, 지배적이었으나 독재를 하겠단 투도 아니었다.

—하지만 카페처럼 안 생겼는걸요.

—그런데 왜 들어왔지?

—카페처럼 안 생겼지만, 카페처럼 안 생긴 카페도 있을 수 있잖아요.

내 말에 남자가 호탕하게 웃었다. 공간의 분위기를 남자가 쥐고 있었고, 시티 홀을 휘어잡는 바람의 방향과, 그림자의 명도 따위가 모두 남자를 따르는 것 같았다. 여유롭게 앉아 입가에 작은 미소를 띠고 있는 여자나, 천장을 바라보며 입으로는 끊임없이 무언가를 오물거리는 아주머니의 존재를 잊어버릴 만큼, 그의 존재감은 넓고 두터웠다.

—맞아. 그렇게 생각한 사람만이 이곳에 들어올 수 있지. 베이글과 커피를 천 원에 판다는 광고를 보고 계단을 오른 수많은 사람들이 유리문 앞에서 발길을 돌려. 웃기는 일이야. 왜 카페는 카페처럼 생겨야 하지?

—그럼 여긴 카페처럼 생기지 않은 카페인가요? 아님, 카페처럼 생기지 않아서 카페가 아닌 건가요?

—카페처럼 생기지 않은 것, 카페처럼 생긴 것이 대체 뭐가 중요하나? 우리는 베이글과 커피를 천 원에 제공할 수 있어. 이곳이 카페든, 회사든, 학교든, 집이든 커피와 베이글을 천 원에 제공하는 게 뭐 그렇게 어려운 일인가?

카페가 아니란 대답이었다. 이곳이 어디든 커피와 베이글을 천 원에 제공할 수 있는 곳은 카페가 아니었다. 이렇게 수많은 약병들 속에 앉아, 방 한가운데 덩그러니 놓인 커다란 원탁을 홀로 차지하고, 여유롭게 커피와 베이글을 즐길 수 있는 사람은, 그러니까 나밖에 없단 것인가?

— 그렇다면 커피와 베이글을 천 원에 제공받고 싶네요.

— 오, 안 되지. 이곳은 카페가 아니니까.

남자는 씨익, 웃었다. 동시에 옆에 앉은 아주머니가 '카페가 아니야, 카페가 아니야.'라며 남자의 말을 메아리처럼 반복했다. 여자는 의자를 드르륵 밀며 자리에서 일어났다. 이 모든 일이 한 순간에 일어났고, 잠깐 풀어놓았던 긴장이 차렷, 하며 팽팽해졌다.

— 긴장은 최고의 젊음이야. 긴장을 놓는 순간 피부도, 몸도, 두뇌회전도 순식간에 늘어지니까.

— 전 이곳에서 뭘 할 수 있죠? 베이글도 못 먹고, 커피도 못 마시면, 난 이곳에서 뭘 살 수 있는 거죠?

— 젊음을 살 수 있지, 젊음.

아주머니가 '젊음, 젊음.'하며 남자의 말을 반복했다. '젊음'이 자꾸 '절름'으로 들려서 '절름, 절름.'하는 것 같았고 절름, 절름, 걷는, 젊음과는 거리가 먼 절름발이의 모습이 떠올랐다. 자리에서 일어났던 여자는 두 손으로 양쪽 관자놀이를 지그시 누르고 있었다. 팔뚝에 오소소 소름이 돋았다.

나를 지배한 감정이 두려움이든, 호기심이든 예감이 좋지 않았다.

—전 지금도 충분히 젊어요. 이만 가볼게요.

하고, 나왔다. 그곳을. 쿨하게, 아니 쿨한 척.

아무도 날 붙잡지 않았다. 아주머니는 여전히 절름, 절름, 하고 있었고, 여자는 무언가 불편한 듯 방으로 들어간 후였으며 남자는 여전히 씨익 웃는 얼굴로 내 뒷모습을 바라보고 있었을 것이다. 난 뒤통수에 최대한 힘을 주고, 태연하게 유리문을 가로막고 있는 우산을 옆으로 치운 뒤 밖으로 나갔다.

다신 그곳에 가지 않으리라 생각했고, 가지 않겠다고 마음먹었지만 뜻대로 되진 않았다. 수많은 약병을 신성시하고 떠받드는 사이비 종교나 뉴스에서나 봤던 마약 밀매 조직일 거란 생각도 들었지만, 그보단 호기심이 더 강하게 일었다. 그리고 두 번째로 시티 홀을 찾은 날, '조커'를 읽기 시작했다. 보기와—혹은 기대와—달리 성경도 코란도 아니었다. 그냥 엄청난 분량의 일기일 뿐이었다. 동이 틀 때까지 그걸 읽다가 원탁에 엎드려 서너 시간 정도 잠을 잤다. 늦은 아침이 되면 벌떡 일어나 집에 갔고 라면을 먹은 뒤, 씻고 알바를 왔다. 내가 갈 시간이면 집엔 아무도 없었기에, 아무도 신경 쓰지 않았고 아무도 간섭하지 않았다.

내 외박 사유를 묻는다면 겨우 이 정도였다. '조커를 읽다가 자꾸 밤을 새네요.'

편의점엔 단골손님이 많았다. 난 그들이 좋아하는 술, 피우는 담배, 애용하는 콘돔, 즐겨 찾는 품목들을 알고 있었다. 내가 가장 좋아하는 단골이자, 가장 친절하게 대하는 단골은 이곳에서 담배만을 사갔다. 자신을 위해 담배가 아닌 다른 무엇을 사간 적이 없었다. 가끔 나를 위해 스타벅스 커피—난 이 2,900원짜리 설탕물을 환한 웃음으로 사양하며 속으로 '돈지랄'이란 단어를 떠올렸다—나, 허시 초콜릿 바를 계산한 적도 있었다. 그가 사준 먹을거리들은 차마 먹어버릴 수가 없었다. 소중해서가 아니라, 내 눈엔 그것들이 앞으로는 결코 가질 수 없는 한정판 돈 꾸러미로 보였다.

그가 피우는 담배는 말보로 레드였고, 담배를 피우지 않는 나는 그게 어떤 맛인지, 어떤 물건인지 알 수 없었다. 다만 그가 딸랑, 이며 편의점 문을 열면 태엽달린 인형처럼 빙그르 돌아 말보로 레드를 꺼냈다. 그는 말없이 현금을 내밀었고, 가끔씩 커피나 초콜릿도 함께 내밀었다. 난 그가 내민 물건들을 계산하는 일이 즐거웠다. 그건 긴장되는 일이었다. 바코드를 찍는 내 손가락과, 숫자를 읽는 내 눈빛과, 깜빡이는 내 속눈썹을 지긋이 바라보는 그를 상상하는 일은 입술을 마르게 했고 손에 땀이 차게 했다. 그는 결코 카드를 사용하지 않았기에 늘 거스름돈을 꺼내야 했는데 급하지도 않게, 그렇다고 해서 멍청해 보이지도 않게 차분히 돈을 세는 건 대단히 까다로운 일이었다. 그가 가게를 나가면, 난 하아, 숨을 내쉬며 축 늘어졌다. 긴장은 두려웠지만 짜릿했고, 긴장이 풀린 후엔 참을 수 없이 허망했다. 난 그런 긴장의 속성을 좋아했다.

그는 늘 말끔했다. 난 못생긴 사람은 참아도, 찌질한 사람은 참지 못했다. 못생겨도 찌질하지 않을 수 있었다. 그건 자기관리 차원의 문제였고, 앞니에 큼지막한 고춧가루가 붙어 있어도, 수염이 사과를 뚫은 지렁이처럼 불쑥 불쑥 솟아 있어도 신경 쓰지 않는 남자들을 혐오했다. 콧구멍을 비집고 나온 코털을 발견하는 순간 그 인간과는 눈도 마주치지 않았다. 안타깝게도 세상엔 그런 말끔하지 못한 남자들이 너무 많았고, 내가 요구하는 수많은 조건을 충족하는 남성은 말보로 레드만을 사가는 그뿐이었다.

난 그에 대해 아무것도 몰랐다. 말보로 레드를 피운다는 것—어쩌면 이마저도 진실이 아닐 수 있었다. 그는 담배를 못 피우는, 그의 연인이 말보로 레드를 피우는, 그런 상황을 상상할 때면 난 그가 아닌 그의 연인의 담배를 이제껏 손수 제공했다는 사실이 굉장히 수치스럽다고 생각했다—을 제외하곤 아무것도 알 수 없었다. 그가 설령 내게 스타벅스 병 커피를 선물한다 해도, 허시 초콜릿 바를 선물한다 해도, 그가 그것들을 좋아하란 보장은 전혀 없는 법이었다. 그래서 난 그가 좋았다. 그는 자신에 대해 설명하려는 욕구가 없었다. 혹은 그런 욕구를 감추고 있었다. 반면 다른 사람들은 자신을 설명하는 데 미쳐 있었다. 사람들은 술에 절어 '나는'이란 단어로 시작하는 '솔직한' 문장을 말하기를 즐겼지만, 사실은 술을 마시지 않아도, 늘 '나는'이란 단어로 문장을 시작했다. 온통 자기 자신에게 취한 인간들뿐이었다.

하지만 그는 아니었던 것이다. 그는 자신에 대해 일언반구도 하지 않았다. 내가 그를 제외한 다른 대부분의 단골에 대해 대단히 잘 알고 있는 것에 비하면 상당히 이상한 일이었다. 다른 단골들은 자신이 어떤 회사에 다니는지, 어떤 직위에 있는지, 연봉은 얼마인지, 아내와 부모는 어떤 사람들인지 피력하기 위해, 내게 먼저 물었다. '이런 데는 시급이 얼마예요, 대학생이에요, 일 재밌어요?'라고 물어보는 건 자신의 연봉이 얼만지, 자신의 직위는 얼마나 높은지, 일은 또 얼마나 가치 있는지 설명하기 위한 가식일 뿐이었다. 난 그런 예의를 가장한 가식이 끔찍이도 싫었다. 물어보지도 않은 말을 해주고 싶어 그들은 내게 먼저 물었다.

아무튼 그런 그가 오늘 처음으로 '말보로 레드 주세요.'나, '드리려고 산 거예요. 드세요.' 이외의 다른 말을 했다. 복권을 사야겠다고 했다.

—복권이요?

—네. 어떤 게 있죠?

—로또는 없구요. 토토도 없구요.

—없는 거 말고 있는 건 어떤 게 있죠?

—연금복권이랑 즉석복권이 있어요. 연금복권은 천 원이고, 즉석복권은 오백 원, 천 원, 이천 원짜리가 있고요.

그는 내가 설명하며 가리키는 각각의 복권들을 유심히 바라봤다. 색색의 연금복권들을 만지작거리며 고민하는 듯 하더니, 즉석복권의 화려한 그림들도 하나하나 면밀히 살폈다.

—종류별로 하나씩 살게요. 사천오백 원 맞죠?

그가 오천 원짜리 지폐를 내밀었다. 고개를 숙이고 동전으로 복권의 은색 스크래치를 벗기는 그의 모습을 상상하며 오백 원을 거슬러 주었다. 복권을 긁는 그는 어떤 표정을 짓고 있을까. 아주 지루하고 시큰둥한 얼굴이 아닐까 생각했다.

—좋은 꿈 꾸셨나 봐요?

—아뇨, 좋은 일이 생겨서요.

그가 부드럽게 웃으며 말했다. 전후순서가 바뀌지 않았나. 좋은 일이 생기길 바라며 복권을 사는 게 좀 더 상식적이었다.

—연금복권은 당첨 확인을 어떻게 하나요?

—수요일 날, 8시쯤 생방송으로 확인할 수 있다고 했어요. 방송국은 잘 모르겠고요.

—아.

그는 연금복권의 뒷면을 꼼꼼히 살피며 뭔가를 고민하는 듯 했다.

—제가 집에 TV가 없습니다.

—인터넷으로도 확인할 수 있을 거예요.

—인터넷도 하지 않아요.

—아, 그럼 환불해드릴까요?

— 아뇨. 대신 확인해주실래요?

— 제가요?

— 네.

그는 오른손엔 즉석복권 3장을 꼭 쥐고 왼손으로 노란색 연금복권을 내 쪽으로 쭉 밀었다.

— 다시 올게요. 잘 지내요.

당황한 표정으로 무언가를 말하려는 순간, 그는 유리문을 딸랑이며 나가버렸다. 이때다, 하듯이 미적지근한 바람이 그를 대신해 편의점에 들어와 빙빙 맴돌았다. 내 앞엔 눅눅해 보이는 노란색의 연금복권이 덩그러니 놓여 있었다. 커피와 초콜릿에 이어 이젠 연금복권이라니. 복권 같은 건 사본 적도, 선물 받은 적도 없었다. 연. 금. 복. 권. 소리 내어 발음해 보았다. 로또나 토토를 발음할 때와는 다른 오래된 향기가 풍겼다. 이게 20년 꽁짜 월급 받는 느낌을 재워둔 시간의 냄새인가? 피식 웃으며 지갑에 곱게 끼워 넣었다. 다음 주 수요일, 본의 아니게 연금복권 추첨 생방송을 보고 있을 내 모습을 상상하면서, 7등이라도 당첨되면 참 좋겠다고 생각했다. 내가 가장 좋아하는 단골이자, 가장 친절하게 대하는 단골에게 좋은 소식을 알리는 알바생이 되고 싶었다.

알바가 끝나면 늘 시티 홀에 갔다. 시티 홀에선 아무도 많은 말을 하지 않았다. 조커 속에서 모든 이야기가 오갔기 때문이다. 불문율이 있었다. 조커에 있는 이야기는 현실세계에 꺼내지 않는다는. 서로에 대해 많은 걸 알고 있었지만 그것에 대해 물을 수는 없었다. 네 삶과 네 감정이 이상하거나 괴이해도, 말도 안 돼도, 내 방식대로 어떻게든 이해해야만 했다. 당장 이해가 안 되더라도 시간을 갖고 끙끙 앓다 보면 인정할 수 있었다. 우리가 사는 세상이 이토록 무섭고 힘든 이유가 이해 부족 때문이라면, 그건 조커가 없기 때문이었다. 내가 당신을 죽어도 이해할 수 없는 이유는, 도무지 이해할 수 없다며 너를 자꾸 들쑤시기 때문 아닌가.

드르륵, 우산이 바닥에 긁히는 소리와 함께 유리문을 열면, 남자와 아주머니는 원탁에 앉아 묵묵히 약병을 채우고 있었다. 수북이 쌓인 알약과 비닐 백에 포장된 분홍색 시럽 사이에서 둘은 눈짓을 주고받으며 일을 해나갔다. 아주머니는 히히, 헤헹, 하오 같은 알 수 없는 감탄사를 내뱉으며 남자의 일을 따라했다. 입으론 늘 무언가를 오물거렸고 남자가 무어라 말을 하기만 하면 그 말을 똑같이 따라하며 꺄르르 웃곤 했다. 손놀림이 어설펐고 속도도 아주 느렸지만 일을 틀린 적은 없었다. 그들의 호흡은 환상적이었고 그 모습을 보고 있자면, 어머니와 아들이라는 사실이 괜히 와 닿았다.

그들 앞에 앉아 조커를 폈다. 어제까지 읽은 부분에 편의점 영수증이 곱게 접혀 있었다. 시티 홀엔 굴러다니는 영수증이 많았다. 아주머니 때문이었다. 아직 난 왜 그녀가 영수증을 모으는지 알지 못했다. 이벤트 응모 때문은 아닌 것 같았다. 조커를 끝까지 읽으면 알 수 있겠지. 난 기다렸다. 이들에 대해 알기 위해. 이들의 눈빛과 행동과 과거와 미래를 이해하기 위해, 천천히 기다렸다.

일기를 쓰는 사람은 남자와 여자였다. 아주머니는 쓰지 않으셨다. 언뜻 보면 남자와 여자의 교환일기 같았다. 하지만 꼭 그렇지도 않았다. 쓰는 당사자들 이외의 사람이 읽을 수 있는 교환일기란 없기 때문이다.

그들은 가명—이걸 서로에 대한 애칭이라 부를 수도 있겠지만, 난 그러고 싶지 않았다—을 썼다. 남자는 '피터', 여자는 '고도'였다.

피터

국민학교 5학년 때, 상대성이론을 주제로 한 영상을 봤어. 무슨 말인지, 한 마디도 이해할 수 없었지. 오로지 딱 하나만 알 수 있었어. 움직이면 늙지 않는다는 거야. 이유는 알 수 없지만 간단하잖아.

젊음. 어렸을 때부터 나를 매혹하는 단어였어. 할아버지와 할머니가 돌아가시는 걸 보면서, 어머니의 흰머리를 뽑으면서, 그녀의 늘어지는, 주름지는 살들을 보면서, 난 평생 탱탱하게 살겠다는 욕망을 품었지.

고등학교 2학년 때, 어머니가 나를 '그거'라고 불렀어. 그거야, 그거야, 가서 빨래 좀 걷어 오렴. 난 어머니를 멍하니 쳐다봤지. 다시 어머니는 나를 '저거'라고 불렀어. 저거야, 뭐해, 빨래 걷어 오라니까. 나는 엄마, 하고 그녀를 불렀어. 그녀는 날 쳐다봤지. 그리곤 다시 말했어.

그거야, 엄마 말 안 들려? 옥상 가서 빨래 좀 걷어와, 저거야.

그 이후로 어머니는 내 이름을 기억하지 못했어. 아무리 가르쳐줘도, 그때뿐. 돌아서면 다시 저거야, 그거야, 이거야, 라고 부르더니, 급기야 필통아, 수저야, 전화야, 라고 부르기 시작했지. 난 어머니를 자전거 뒷좌석에 태우고 달렸어. 어머니가 늙어서, 젊음을 잃어버려서 모든 걸 까먹기 시작한다고 생각했어. 젊음을 되돌려 주고, 다가오는 늙음을 막아야 했어. 단 한순간도 멈추지 않았어. 힘들면 버스와 기차를 탔고, 힘들지 않으면 자전거를 달렸어. 떠돌이 생활을 했지. 어머니의 젊음은 돌아오지 않았어. 흰머리는 하루가 다르게 늘어났고, 주름살도 나날이 깊어졌지.

그렇게 몇 년을 떠돌아 다녔을까. 우리 집엔 아빠도, 할아버지도, 할머니도 없었지만 500년도 넘은 오래된 도자기들이 많았어. 돈이 떨어지면 집으로 돌아와 그것들을 팔았지. 우리 동네에는 뭐든 오래돼 보이는 물건을 사는 가게가 있었어. 난 그 도자기들이 얼마나 가치 있는지는 몰랐지만, 그것들이 얼마나 쓸데없는지는 잘 알았지. 부르는 값에 그냥 팔았어. 내겐 충분히 큰돈이었으니까. 시간이 지나고 보니, 어쩌면 그것들이 지금쯤 박물관에 놓여 있을 수도 있겠다는 생각을 해.

집에 먼지가 수북이 쌓여가고, 도자기가 하나, 둘, 없어져서 거의 남아 있지 않을 무렵, 어머니가 내게 말씀하셨어. 다 죽어가는 목소리로. 자기야, 보고 싶다. 당시 어머니는 단어를 매끄럽게 발음하지 못하셨어. 뚝뚝 끊어서 천천히 말씀하셨지. 자, 기, 야, 보고, 싶다. 그 말에 난 '자기'가 내가 그렇게 팔아댔던 도자기의 '자기'인 줄 알았어. 이제와 생각해. '자기'는 아버지였을까.

자기야, 보고 싶다. 죄송해요, 다 팔아버려서. 팔았냐. 네, 돈이 떨어져서요. 네가 나쁜 놈이구나, 이 후레자식아. 천하의 못된 놈. 쓰레기 같은 모옷된 놈.

'자기'는 아버지였을까.

난 어머니의 욕을 들으며 울었어. 자전거 페달을 죽어라 밟으며, 악을 내질렀어. 하지만 어머니는 더욱 허약해지셨고, 다가오는 시간에 아는 단어들을 하나하나 내어주셨지. 처음엔 달려가는 젊음을 붙잡기 위해 달렸지만, 나중엔 뒤쫓아 오는 늙음을 따돌리기 위해 달렸어. 이러나저러나 우린 달려야 했어.

더 이상 움직이면 젊어진다는 헛소리는 믿지 않았어. 그렇다면 그 당시 우리를 달리게 만든 건 무엇이었을까. 100년 전 흰머리 할아버지가 말한 '젊어지는 방법'도 아니었는데. 뭘 피해, 뭘 얻고자 그렇게 달렸던 걸까.

한번은 기차 속에서 고등학교 동창을 만났어. 어머니는 내 어깨에 머리를 기대고 씩씩 거리며 주무시고 계셨지. 햇빛에 반사된 어머니의 머리칼이 은빛으로 빛났어. 세월의 흔적에 빛바랜 흰머리 사이로 머릿속 허연 속살이 드러나 있었어. 반들반들 윤기가 흐르고 탱탱했지. 지금 이 순간 태어난 아기의 피부는 이런 모습일까 생각하던 나른한 오후였어. 방금 단무지가 잔뜩 들어간 김밥을 먹어서인지 나도 자울자울 졸고 있더군. 기차가 역에 도착해서 서서히 속도를 늦추는 게 느껴졌고, 잠시 후 한 모자(母子)가 우리 앞좌석에 마주앉았어.

그래, 거기 내가 아는 얼굴이 있었어. 졸고 있던 나를 뚫어지게 쳐다보았어. 아마 내가 나인지 반신반의하고 있었을 거야. 난 그만큼 늙어 있었으니까. 햇볕에 그을린 피부는 새카맸고 온몸에 붙은 자글자글한 근육들이 나이 들어 보이게 했어. 하지만 그 아이는 정말, 아이더군. 온실 속에서 가꾼 것처럼 뽀송뽀송하고 하얬어. 가지런한 팔과 손가락의 선들이 웬만한 여자보다도 아름다웠지. 새카맣고 숱 많은 머리칼엔 카랑카랑 윤기가 흘렀고 너무나 보드라워서 고무줄로 묶으면 줄이 그대로 흘러내릴 것만 같았어.

이슬만 먹고 자란 귀공자 같은 얼굴로 그가 앉아 있었지. 잠과 현실의 경계에서 갈피를 못 잡던 난 집요한 시선을 느끼고 깨어났어.

—너구나. 반갑다.

그가 입 꼬리를 올리며 말했어.

—아, 응.

잠에서 막 깨어 쉰 목소리가 새어나왔어. 칼칼한 목을 다잡으며 눈살을 찌푸렸지. 아이 옆엔 그의 엄마가 앉아 있었어. 흐렸던 초점이 되돌아오며 정신이 말짱해졌지.

—우리 고등학교 같은 반이었지. 2학년 때.

—응.

—어디 갔었어?

—그냥, 여기저기.

난 분명 그를 향해 대답하고 있었지만 눈은 그의 엄마를 더듬고 있었어. 그녀는 손에 월간 『좋은 생각』을 비스듬히 받치고—난 책 표지를 통해 지금이 2008년 9월이란 걸 알았고 집을 떠난 지 7년째라는 걸 계산해냈어—속눈썹을 살며시 내리깐 채 글을 읽고 있었지. 주름살 하나 없이 팽팽한 얼굴과 쳐지기는커녕 살포시 올라간 눈매. 티끌 하나 없이 깨끗한 피부, 닿으면 사르르 녹아 사라질 것 같은 솜털, 오똑한 코와 또렷한 입술 선이 너무나 매력적인 여자였어. 어머니의 가슴은 쪼그라든 곶감 같았지만 그녀의 가슴은 이제 갓 무르익은 홍시같이 탱탱했어. 나이를 예측할 수 없었어. 누나라기엔 활기가 없었고 엄마라기엔 피로가 없었거든.

—너 그렇게 말도 없이 사라지고 애들이 얼마나 찾았는데. 집에 가도 아무도 없고, 짐을 챙긴 흔적은 없고. 마치 너랑 어머니만 증발한 것 같았…….

—화장실 좀.

그의 말이 좀처럼 귀에 들어오지 않더군. 내 어깨에 기대 주무시고 있던 어머니를 홱 밀치고 일어섰어. 뜨거웠지. 온몸이 달아올랐어. 자리에 그대로 앉아 있기엔 내 모든 것이 일어섰어. 복도로 나와 아이가 날 보지 못하는 쪽으로 재빨리 걸었고 칸막이를 열었어. 하지만 그쪽은 화장실이 아니었고, 난 그냥 어두컴컴한 작은 칸 속에 몸을 웅크렸어. 덜컹덜컹 기차의 흔들림이 날 몰아세웠고, 내 몸 속 모든 장기가 덜컹덜컹대며 뜨거운 바람을 내뿜었어. 덜컹덜컹, 덜컹덜컹.

그건 무슨 기분이었을까. 중고등학교 때 본 그 어떤 포르노도 나를 이토록 사로잡진 못했는데. 도무지 참을 수 없는 슬픔이 밀려왔어. 자위로는 해결할 수 없는 그런 슬픔이었고, 뜨거움이었어. 코가 찡했고 눈이 따가웠지.

칸막이가 열렸고, 아이가 들어왔어. 문 틈 사이로 들어온 빛줄기가 부풀었다가 다시 얇아졌어.

—뭐가 문제야?

아이가 조용히 물었어. 차분하고 가지런한 말투였지.

—이쪽이 화장실인가. 뭐해? 흥분했어? 섰어?

또다시 조용히 물었어. 난 견딜 수 없이 외로웠어. 그리고 지나치게 여유로운 그에게 화가 나기 시작했어.

—설마 저년한테 반했냐.

넌 모르겠지. 네 어머니가 가지고 있는 아름다움을. 너와 엉덩이 살을 맞붙이고 앉아 있는 여자의 젊음을. 쪼그라든 곶감 같은 우리 어머니는 절대 가질 수 없는 그 젊음의 싱싱함을.

—고등학교 때, 네가 뭘 피해 달아났는지 알아. 그리고 그게 얼마나 부질없는 짓이었는지도 알지.

난 어느새 울고 있었어. 눈물과 콧물과 침이 섞여 출처를 알 수 없는 체액이 되어 턱 밑으로 뚝 뚝 떨어졌어.

—넌 스스로에게 이렇게 세뇌시켰겠지. 쫓기는 게 아니라 우리가 쫓는 거다. 피하는 게 아니라 우리가 덤비는 거다. 하지만 그럴 리가. 네가 원하는 젊음은 그따위 도피와 도망으로 얻을 수 있는 게 아냐. 저년의 얼굴에 난 솜털을 핥고 싶었겠지? 풍만한 가슴 사이에 코를 들이밀고 싱싱함의 향기를 만끽하고 싶었겠지?

아이의 말이 조각조각 깨지며 그 날카로운 첨단이 내 가슴에 꽂혔어. 솜털, 풍만, 싱싱함 같은 단어들이 그토록 잔인할 수 있다니. 그동안 외면해왔던 고통과 고독이 현실이 되는 것 같아서 울었어. 가슴에서 솟아날 피가 아까워서, 가슴에 남을 기다란 흉터가 두려워서 괴상한 비명을 내질렀어.

—하지만 저년이 가진 아름다움은 네가 생각하는 젊음이 아니야. 태생적이고 세월의 흐름을 비껴나는, 신이 사랑하는 인간에게만 쥐어주는 면죄부 따위가 아니야. 순결이나 순수, 결백, 사랑 같은 단어에서 비롯된 시간의 지연이 아니라고. 우리 엄마의 정체가 뭐라고 생각해? 저년이 가진 젊음과 잊어버린 나이의 근원이 뭐라고 생각해? 너와 네 어미처럼 우리도 달렸을까. 천박하고 엉터리 같은 상대성이론에 반해서? 아, 네 일기는 참으로 고귀하더군. 재밌게 읽었어. 네 놈이 얼마나 무식하고 겉멋에 빠진 또라이인지 증명해주는 만연체가 정말 만연해 있던걸.

—일기를 읽었니.

—물론이지. 난 다른 아이들과 달리 네 실종에 관심이 많았거든. 세상 모든 것들이 사라지고 있긴 하지만 넌, 그러니까, 넌 좀 그렇잖아. 그 이후로 너와 네 어미를 만나길 고대하고 있었어. 너희가 무식과 무지, 무능의 한계를 뼈저리게

느끼고 고통에 몸부림치는 모습을 보고 싶었지. 그래서 지금 이 순간이, 꿈만 같아.

무식과 무지, 무능의 한계. 인간이라면 당연히 맞닥뜨릴 수 있는 그 장벽이 내겐 끝이 보이지 않는 낭떠러지처럼 느껴졌어. 아이의 입에서 나오는 말들이 날 절벽 끝으로 내몰고 있었지. 난 무기력하게 떠밀릴 뿐, 어떤 대항도 할 수 없었어.

—비결이 뭐지?

그의 바지자락을 붙잡았어. 어떻게 하면 내가 살 수 있나요, 어떻게 하면 나를 살려줄 건가요.

—비결? 정말 넌 아직도 이 모든 게 건강한 식습관과 꾸준한 운동 따위에서 비롯된 결과라 믿는 건가? 아니면, 네놈보다 좀 더 빨리 달린 우리가 이 무한경쟁사회에서 이겼다고 생각하는 거야? 네가 생각하는 경주란 뭐지? 자전거와 기차, 비행기의 싸움인가? 진짜로 멍청한 거야, 멍청한 척 하는 거야?

—말해, 말해줘.

숨을 헐떡였어. 가슴 속에서 터진 최루탄이 눈과 입과 귀를 막았어. 어렸을 적, 어머니는 내 머리를 감겨주며 이런 말을 하곤 하셨어. 이놈아, 사내자식이 해주세요, 해줘요, 라고 말하는 건 딱 두 가지 경우에만 용서된다. 첫째는 네 놈이 상대에게 큰 잘못을 저질렀을 때, 둘째는 상대를 너무나 사랑할 때. 어머니의 말을 귓등으로도 듣지 않은 난 불효자였어. 말해줘, 말해줘, 말해주세요, 말해주세요. 난 그놈에게 어떤 잘못도 하지 않았고 심지어 그놈을 사랑하지도 않았는데 말이야.

그는 살짝 뜸을 들였어. 자신의 옷자락을 붙잡은 내 손을 털어내고, 잠깐 회상에 잠기는 듯한 표정을 지었지. 그리곤 천천히 입을 열었어.

—돈이야, 돈. 다 돈지랄이야. 빨리 움직이면 늙지 않는다는 그런 개소리에 넘어가는 병신, 지금은 없어. 보톡스와 필러, 양악 같은 단어, 들어보긴 했어?

—내가 원하는 젊음은 그런 게 아니야. 난, 진정한 젊음을 원해. 겉보기 젊음이 아닌.

내 단호한 어조에 아이는 웃었어. 큰 소리로 호탕하게. 이 세상에 존재하는 모든 무식과 무지, 무능을 비웃겠다는 듯이.

—네가 방금 본 건 진정한 젊음이 아니라니까? 완전히 속은 거야. 혼자 있는 척, 유식한 척, 순수한 척 다 떨다가 돈 앞에서 무너진 거라고. 어때, 이 속임수에 제대로 넘어간 기분이? 치킨 좋아하나? 네가 본 건 윤기가 흐르고 탐스러운 튀김옷일 뿐, 그 속엔 말라비틀어진 베트남 닭이 죽어 있단

말이야. 어쩌면 때 탄 비둘기일 수도. 더러운 기름에 튀겨낸 두꺼운 튀김옷에 다리가 후들거리고, 거기가 섰으면서, 뭐? 진정한 젊음? 이젠 치킨보단 백숙을 먹을 나이지. 암, 백숙 정도는 먹어줘야 진정함을 논하지.

아이는 입맛을 다셨어. 그때 내가 무슨 생각을 하고 있었는지 기억이 나질 않아. 기름기 흐르는 후라이드 치킨을 상상하고 있었는지, 어머니가 해주시던 담백한 닭백숙을 생각하고 있었는지, 그도 아니면 그녀의 깊은 가슴골에서 여전히 헤어나지 못하고 있었는지.

오늘의 이야기는 상대성이론에서 시작해 백숙으로 끝나. 백숙 정도는 먹어줘야 진정함을 논한다는 아이의 전언과 함께 지나치게 유식해서 멍청할 뿐인 주저리가 막을 내리지.

고도, 너에게 하고 싶은 말은 많아. 하지만 정작 하고 보면, 해주고 싶은 말은 단 한마디도 하지 못한 채 그 주변에서 멈칫거리기만 하지. 고도, 요즘은 네가 꿈에 나와. 아름다운 너와 내가, 눈부신 잔디에 앉아 기타를 치며 노래를 불러. 너무나 감미로운 노래를. 이 무슨 80년대 대학생 놀음인지는 모르겠다만, 요즘 내 늦잠이 마냥 게으름이라고 생각하진 말아줘.

보고 싶다, 정말.

4
500×20

오늘은 시티 홀에 가지 않았다. 추적추적 내리는 빗속에서 시티 홀의 입간판을 바라만 보다가 방향을 돌려 집으로 돌아왔다. 비의 기운이 써늘했고 등 뒤에 두고 온 입간판 광고가 눈앞에서 아른거렸다. 땅으로 떨어지는 빗방울처럼 추적추적 땅만 보고 걷다보니 어느새 집 현관이었다. 누워서 연속극을 보던 엄마는 웬일이냐는 듯 날 힐끗 볼 뿐 아무 말도 하지 않았다. 동생은 벌써부터 이불을 깔고 잘 준비를 하고 있었다. 가족들이 한 집에 모인, 낯선 광경이었다.

— 벌써 자?

— 누나는 왜 벌써 와?

— 요것이. 키 크려고 일찍 자냐?

— 응. 돈 없고 키 작은 루저보단 돈 없고 키 큰 루저가 낫지.

무표정하게 말하는 동생의 얼굴을 보며 난 입술을 깨물었다. 동생은 핸드폰으로 모닝콜을 맞춘 뒤 이불을 머리끝까지 둘러썼다. 작은 방이 정적에 휩싸였다. 커다란 베개와 그 베개의 누나가 소리 없이 놓여 있는 기분이 들었다. 난 동생이 시니컬해지는 게 안타까웠다. 말이 좋아서 시니컬이지, 저 아인 세상 모든 것에 무관심해지고 있었다.

동생은 태어날 때부터 기대하지 않는 법을 배웠다. 아이는 4년에 한 번씩 돌아오는 2월 29일 정오에 태어났고, 출산 후 마취에서 깨어난 엄마가 가장 먼저 물은 것은 아이의 성별이나 상태, 건강 따위가 아닌 아빠의 점심식사 여부였다. 당신의 미역국을 마다하고 아빠의 병실로 달려간 그녀는 흰죽을 토하고 있는 아빠의 손을 부여잡고 오열했다. 태어나자마자 어머니를 아버지에게 빼앗긴 동생은 오이디푸스콤플렉스 따위를 느껴볼 기회조차 가져보지 못했다. 이제 막 새 생명을 탄생시킨 엄마는 출산 후 몇 시간 만에 자신이 낳은 아기를 보았을까. 아니, 이제 막 세상을 본 아기는 목청이 터진 지 몇 시간 만에 자신을 낳은 엄마를 보았을까. 역사상 가장 긴 시간이 아니었을까.

2월 29일에 태어난 동생의 생일은 4년에 한 번 돌아왔다. 으레 다른 엄마들이 그렇듯 음력으로, 혹은 28일이나 1일에 챙겨줄 법도 했지만 우리 엄마는 절대 그러지 않았다. 올림픽이 4년에 한 번 돌아온다고 해서 음력으로, 혹은 전날이나 다음날 챙기는 사람이 없듯, 동생의 생일은 정확히 2월 29일에만 대접받았다. 엄마는 달이 지난 달력을 뜯으며 동생의 생일이 있는 해인지 확인하곤 했다. 그렇다고 그의 생일이 더 성대한 것도 아니었다. 아침엔 방금 끓인 미역국, 점심엔 좀 전에 끓인 미역국, 저녁엔 오늘 아침에 끓인 미역국에 밥을 말아먹는 게 동생이 생일에 하는 특별한 일이었다.

동생은 어떤 사건에도, 어느 누구에게도 기대하지 않았다. 기대가 없으니 실망도 없었고 실망이 없으니 상처도 없었다. 꿈에도 사랑에도 욕심이 없었다. 별 기대 없이 공부를 했고, 별 기대 없이 연애를 했으며, 별 기대 없이 아침을 맞았다. 내가 분노하고 울고 짜증내고 슬퍼하며 실망하고 아파하고 무기력해 있을 때, 동생은 뭐든지 괜찮아했다. 그 애가 기대하는 바는 전국의 수많은 중국집 중 아무 곳에나 들어가 앉아 짜장면을 시켰을 때, 먹을 수 있는 짜장면이

나오는 정도, 딱 그 정도였으며 그랬기에 동생이 실망하고 슬퍼하며 기분 나빠야 하는 경우는 도저히 아무도 먹을 수 없는 짜장면을 찾기가 정말 어려운 것처럼 극히 드물었다.

동생과 등산을 간 적이 있다. 내가 고등학교 1학년 때였으니 꽤나 오래된 일이다. 별 이유 없이 산을 오르고 별 말 없이 내려왔다. 내려오는 길에 생뚱맞게 놓인 자판기 앞에서 잠시 멈췄다. 동생은 갖은 인상을 찌푸리며 모든 음료의 맛을 상상 속에서 음미했다. 빨리 고르라는 내 재촉에 아주 진지하고 낮은 목소리로 '잠깐만'이라고 말하더니 아주 신중하게 포카리스웨트 버튼을 지그시 눌렀다.

그리고 아주 신중하게 코코포도가 굴러떨어졌다. 동생은 코코포도를 집어 들고 아주 잠깐 그것을 응시하더니, 아무 말 없이 치, 소리와 함께 캔을 땄다. 마치 자신이 원래 마시고 싶었던 것은 포카리스웨트가 아닌 코코포도였다는 듯이 목울대를 움직이며 단숨에 마셨다.

난 동생의 그런 모습을 보곤 할 말을 잃었다. 긍정적인 건지, 생각이 없는 건지 알 수 없는 그의 태도에 고개를 저었다. 그리고 집으로 돌아오는 내내, 그를 그렇게 만든 건 무엇인지, 왜 그는 아무 말 없이 코코포도를 맛있게 마셨는지 생각했다. 집에 돌아오는 길에 마트에 들러 그에게 포카리스웨트를 사주었다. 그는 고맙다는 말 대신 이렇게 말했다.

—왜 그랬을까, 자판기씩이나 되는 녀석이.

눈이 부셔 죽겠는데, 처음 맛 본 먼지바람에 목이 텁텁해 죽겠는데, 신생아실 유리창엔 자신을 보러온 아줌마나 아저씨가 없다는 걸 깨달은 동생은 그때 생각했을 것이다. 아무도 내게 기대하지 않는구나, 아무도 나를 쳐다보지 않는구나, 아무도 나 때문에 실망하거나 기뻐하지 않는구나.

나도 내게 기대 따위를 해서는 안 되겠구나.

단풍잎 같은 손을 꼼지락거리며 눈동자를 이리저리 굴려봤을 아가를, 동생을 생각하면 가슴이 먹먹해졌다. 1년에 한 번뿐인 생일에 난리법석인 친구들을 보며, 4년에 한 번뿐인 자신의 생일을 그저 미역국과 함께 꾸역꾸역 밀어넣었을 그 아이는 하나의 베개가 되어 내 앞에 누워 있었다. 베개는 오르락내리락 숨을 쉬며 아직 살아 있음을 열심히 피력하고 있었다.

동생의 종아리에 머리를 대고 누웠다. 세상에 이보다 단단한 베개는 없을 것 같다는 생각을 하며 눈을 감았다. 밝은 형광등의 형체가 눈앞에 아른거렸다.

오늘은 시티 홀에 가지 않았다.

가지 못했다.

오늘은 수요일이었고, 월요일과 화요일, 목요일과 금요일 사이에 낀 어정쩡한 평일이었다. 술을 마시기엔 월요일과 화요일의 피로가 축적되어 있었고, 모텔에 가기엔 목요일 아침 기상이 불가능했으며, 드라마를 빼먹기엔 일주일을 기다려온 노고가 너무 컸다. 주말이 지난 지 한참 된 것 같은데 아직 수요일이었고, 다음 주말이 이틀이나 남은 아직도 수요일이었다. 달력의 정 가운데를 수직으로 관통하며, 마치 무언가 중요한 일을 해야 한다는 압박감을 주지만 동시에 그러기엔 너무나 피곤한, 하여간 뭐 그런 날인 것이다.

그래서 그런가, 편의점엔 사람이 없었다.

그래서 그런가, 까맣게 잊고 있던 지갑 속 누런 복권이 불현듯 떠올랐다.

그래서 그런가, 평소라면 방송 후 한참 뒤에 인터넷으로 확인했을 법한 연금복권 추첨번호를 DMB 생방송으로 확인하기 시작했다.

그래서 그런가, 무지 떨렸고.

그래서 그런가, 무지 이상했다.

분홍 분필가루를 잔뜩 뒤집어 쓴 듯한 상의를 걸친 7명의 여자들, '준비하시고오, 쏘세요!'라는 아나운서의 멘트에, 똑같이 준비하고 똑같이 쏘는 움직이는 마네킹. 미동 없는 미소인지, 미소 없는 미동인지 알 수 없는 7개의 하얀 얼굴들. 돌아가는 룰렛에 퐉, 하고 꽂히는 화살과 그 순간 엇갈리는 돈, 서열, 환호, 좌절,

이 모든 것이 이상했다.

7등은 아니었다. 그는 천 원을 잃거나, 아님 천 원보다 더 많은 액수의 당첨금을 받을 수 있었다.

6등도 아니었다. 그는 천 원을 잃거나, 아님 천 원의 두 배보다도 더 많은 액수의 당첨금을 받을 수 있었다.

5등도 아니었다. 그는 천 원을 잃거나, 아님 천 원의 200배보다도 더 많은 액수의 당첨금을 받을 수 있었다.

4등도, 3등도 아니었다. 그는 천 원을 잃거나, 아님 천 원의 만 배보다도 더 많은 액수의 당첨금을 받을 수 있었다.

잃는 것은 늘 그대론데 욕심은 자꾸만 늘어났다. 이러나 저러나, 이미 잃을 것은 정해져 있는데 부질없는 희망은 늘어나고 정해진 가능성은 줄어들었다. 그래서 더 잃는 게 복권의, 도박의 심리일 것이다. 그래서 더 불행해지는 게 인

생의 심리일 것이다.

7등도, 6등도, 5등도, 4등도, 3등도 아닌 그는 꽝이거나 2등 혹은 1등이었다. 1등의 인생이든, 꽝의 인생이든 잃는 것은 복권을 산 돈, 천 원, 그뿐이었다. 하지만 꽝은 원래 자신의 것이었던 1등의 당첨금을 잃은 것처럼 절망했고, 1등은 원래 자신의 것이었던 억대의 당첨금을 되찾은 것처럼 의연했다. 욕심은 모든 것이 원래 내 것이었다는 무의식에서 비롯된 절망과 의연의 반복이었다. 하지만 꽝의 인생도 1등의 인생도 잃는 것은 천 원뿐이었다. 누가 더 잃고, 누가 덜 잃는 것도 아닌데 사람들은 절망하고 절망하며 아주 가끔, 정말 아주 가끔 의연했다.

'에이, 그래도 기쁜 얼굴로 맞이하고 싶었는데.'라고 생각하며 그를 떠올렸다. 말보로 레드만을 피우는, 가끔 내게 스타벅스 병 커피나 허시 초콜릿 바를 함께 계산해 건네는 그가 보고 싶었다. 적어도 나흘에 한 번은 찾아오던 그는 복권을 산 뒤로 가게에 온 적이 없었다. 그래봤자 일주일 정도 되는 기간이었지만 하루 중 유일하게 긴장하던 그 짧은 시간이 사라지자 난 한없이 늘어지고 무기력해졌다. 그냥, 재미가 없었다.

3등 추첨이 끝난 뒤 2등 추첨은 거른 채 1등 추첨이 진행

되었다. 2등은 1등 번호의 앞뒤 두 번호 — 아, 그래서 옆집 순대국밥 아저씨는 매번 연달은 번호로 열 장을 사가셨구나 — 라고 했다. 1등은 2명이었으며 때문에 2등은 4명이었다. 이는 우리가 사는 진짜 인생보다 꽤 인간적이고 아름답다는 생각이 들었다.

그때 딸랑이며 손님이 들어왔고(3초!) 급하게 둘러보던 그는 생리대 진열대 앞에서 잠시 서성거리더니 오버나이트 한 통을 들고 계산대로 왔다. 그리곤 내게 물었다.

—이게 여자들 보통(구십!) 하는 거예요?

—아뇨, 그건 잘 때 하는 건데요.

—아, 정말요? 아, 그럼 뭘 사야(팔만!) 돼요? 아, 정말 모르겠어요.

—중형 사시면 될 거예요.

—아, 아, 찾아주시면 안 돼요? 아, 정말, 모르겠어요. 아, 날개는 뭐고, 슬림은 뭐고, 울트라는 뭐고, 아, 죄송해요.

당황하고 급하면 아, 아, 거리는 게 습관인지 그는 자꾸 말을 끊고 아, 아, 거렸다. 생리대를 찾아 계산해주고 검은 비닐봉지에 싸주자, 감사하다고(삼천!) 큰 소리로 인사를 한 뒤 나가던 그는 다시 뒤돌아 내게 물었다.

—혹시, 타이레놀 있을까요?

—약은 안 팔고(사백!) 있어요.

—아, 우먼스도 없을까요?

난 씨익 웃으며, 우먼스도 없다고 대답했다. 그는 감사하다고 다시 큰 소리로 인사를 한 뒤 달려 나갔다. 오버나이트가 잘 때 착용하는 건지도 모르는 남자가(사십!) 어떻게 우먼스 타이레놀이 따로 있는 건 알고 있는지. 그가 사다 준 생리대를 차고, 그가(일번입니다!) 사올 우먼스 타이레놀을 먹을 여자가 부러워졌다.(축하드립니다!) 온 몸이 뻐근했던 생리통을 잊고 함박웃음을 지을 여자를 생각하니, 가슴 한 쪽이 뻐근해졌다.

그 사이, 내 손에 있던 복권은 1등 당첨 복권이 되어 있었다.

3조, 구십팔만 삼천 사백 사십 일번.

3조, 983441

눈을 의심했다, 믿을 수 없었다, 눈을 씻고 다시 바라봤다, 가슴이 쿵쾅쿵쾅 뛰었다, 따위의 문장들은 그 상황을 설명하기엔 지나치게 식상하며 뻔하다고 생각한다. 난 시력 좋은 내 눈을 믿었고, 이 상황 또한 믿을 수 있었으며, 핸드폰 속 숫자와 복권의 숫자가 또렷이 보였기 때문에 눈을 씻을 필요도 없었다. 가슴이 쿵쾅쿵쾅 뛰기보단 커다란 빠따로 머리를 후려 맞은 기분이었다. 무슨 상황인지 실감이 나지 않았다. 누런색 연금복권을 양손으로 잡고 뚫어지게 쳐다봤다. 1등, 500×20, 3조 983441, 1등, 500×20, 3조 983441, 1등, 500×20……. 여러 개의 숫자들이 눈앞에, 머릿속에 맴돌았고 도무지 갈피를 잡을 수 없었다.

그 순간 내가 절실하게 바란 게 있다면, 부디 지금 이 순간 그가 말보로 레드를 사러 편의점에 들르는 것이었다. 들어와서, "아, 오늘이에요? 당첨됐어요?"라고 대수롭지 않게 묻는다면, 난,

"일등이에요!"

라고 큰 소리로 외치며 그를 꽉 끌어안을 수 있을 것 같았다. 함께 기쁨의 눈물을 흘리며, 축하한다고, 정말 축하한다고 말할 수 있을 것 같았다. 어안이 벙벙해진 그에게 복권을 쥐어주고 어서 가서 당첨금을 받으라고, 앞으로 20년은 먹고 살 걱정 없겠다고 환하게 웃으며 말해줄 수 있을 것 같았다.

하지만 그런 일은 일어나지 않았다.

편의점엔 아무도 없었고, 'show me the money, 돈 없으면 바보가 되는 세상'따위의 노래나 흘러나오고 있었으며, 난 홀로 앉아 1등에 당첨된 연금복권을 부여잡고 있었다, 내 것도 아닌.

시간이 지날수록 초조해졌다. 그는 언제 올까, 왜 지난 일주일 동안 볼 수 없었던 걸까, 이젠 다른 편의점에서 말보로 레드를 사는 걸까, 내가 질린 걸까, 나는 그에 대해 얼마나 아는가, 아무것도 모른다. 이름도, 연락처도, 직장도, 아무것도 모른다.

복권을 반으로 접고 다시 반으로 접어 지갑 깊은 곳에 넣었다. '매달 500만 원씩 20년간 지급'짜리 수표를 지갑에 넣은 기분이었다. 그래서인지, 아무것에도 집중할 수 없었다.

내 것도 아닌 '매달 500만 원씩 20년간 지급'짜리 수표를 지갑에 지닌 사람은 어디에도 갈 수 없었다. 근무가 끝난 뒤 편의점 밖으로 나온 난 가방끈을 부여잡고 한참을 서성였다. 맞은 편 시티 홀의 입간판이 날 빤히 쳐다봤다. 그 눈길을 피하며 결국 돌아섰다. 그는 편의점에 오지 않았고, 평생 오지 않을 것 같았다. 시간을 되돌려 다시 그를 손님으로 맞이할 수 있다면 절대 복권 같은 건 팔지 않으리라 생각했다. 난 그에게 말보로 레드를 팔고, 그는 내게 스타벅스 병 커피와 허시 초콜릿 바를 사주던 그때로 돌아가고 싶었다.

그는 내일도 오지 않았다.
모레도 오지 않았고,
글피에도 오지 않았다.

그가 고른 누런 연금복권 3조 983441이 1등에 당첨된 지 일주일째 되던 날, 편의점으로 전화가 걸려왔다. 그였다. 잘 지내요? 연락하려 했는데, 차일피일 미루다 못했네요. 사실 이민을 오게 됐어요. 사정이 생겨서요. 잘 지내요.

'잘 지내요.'를 끝으로 그가 전화를 끊을 때까지 난 아무 말도 하지 못했다. 수화기를 꼭 붙잡고 어떤 기척도 낼 수 없었다. 내 고르지 못한 숨소리가, 내 흔들리는 눈빛이, 내 떨리는 손이 그를 다시 한국으로, 한국의 이 편의점으로 돌아오게 할 것만 같았다. 그를 두려워했나? 아니다. 잘 모르겠다. 복권이 탐났나? 아니다. 잘 모르겠다. 난 그저 아무 말도 하지 못했다. 하지 않았다. 그뿐이었다.

그는 그 후로도 오지 않았다.

정말 오지 않았다.

끝까지 오지 않았다.

'잘 지내요.'라는 말만을 남긴 채 사라져버린 그는 내가 정말 잘 지낼 수 있다고 생각한 걸까.

그는 일주일이 넘어서도 오지 않았지만, 다행히도 난 아직 편의점 알바생이었다. 수습 3개월은 최저시급에서 10%를 깎는 게 합법이라 말하던 사장님의 말처럼 난 6개월째 여전히 4,400원을 받고 있었다. 편의점 알바에게 최저시급 따위는 적용되지 않는다는 게 합법일지도 모르겠다. 난 내 시급에 대해 찍소리도 하지 못했다. 나 말고도 할 사람은 많았기 때문이다.

내 지갑엔 '매달 500만 원씩 20년간 지급'짜리 수표가 들어 있었고, 난 한 시간에 4,400원을 받기 위해 노동했으며, 밤마다 잠을 설쳤다. 껌을 정리했고, 아이스커피를 위한 셀프 얼음 컵을 만들며 시간을 보내다가, 손님이 오면 계산을 해주고, 손님이 오지 않으면 빈자리에 컵라면이나 과자를 채워 넣었다. 삼각 김밥의 유통기한을 확인하다가 그제, 혹은 어제 것이 나오면 신나게 오전 근무자를 깠다. 홀로 중얼거리는 욕은 한줄기 빛처럼 빠르게 편의점 안을 쏘다니다가 결국 내게 다시 돌아왔다. 난 욕을 뱉고, 욕을 맞았다. 근무가 끝나면 시티 홀의 변함없는 입간판을 외면한 채 땅만 보며 걸었다. 땅만 보며 집에 도착해선, 땅만 보며 씻은 뒤, 땅만 보다가 동생의 종아리를 베고 잠이 들었다. 야릇한 꿈을 꾸고, 괴상한 가위에 눌리고, 뻐꾸기시계 속 뻐꾸기처럼 한 시간에 한 번씩 잠의 문을 뚫고 나와 애처롭게 울어댔지만,

이상하게도 괴롭지는 않았다.

미치도록

외로울

뿐이었다.

모두가 잠든 밤에 홀로 잠들지 못한 채 시간을 재야 하는 뻐꾸기처럼 말이다.

조커

고도

이를테면 이런 이야기는 어떨까. 아무것도 없어서 비참할 수 없는 사람의 삶이야. 황무지에서 태어나, 사슴과 토끼를 잡아 모닥불에 구워먹는 삶. 자연은 우리 모두의 것이요, 우리 모두는 자연의 것이니 어느 것에도 욕심이 없는 삶. 세상 어떤 공공재에도 빚지지 않은, 오직 태양의 빛과 물의 생명과 자연의 영양소만을 순환시킬 뿐인, 그런 인간의 삶 말이야. 태초의 인간이라 할 수 있겠군.

난 애지중지할 수 있는 비싼 자기도 없었고, 어머니도 없었고, 아버지도 없었으며, 소중한 시간도, 아끼고 싶은 시간도, 되돌리고 싶은 시간도 없었어. 아무것도 없이 태어나, 아무것에도 빚지지 않았고 그저 빛처럼, 물처럼 순환했지. 내게 무언가를 해주는 세상이, 가족이, 사람이 없었거든. 거짓말 같지?

그래, 거짓말이야. 난 좋은 산부인과에서 태어나, 최고급 유기농 이유식을 먹고 자랐어. 영어유치원을 다녔고, 예쁜 체크무늬 치마를 입는 사립 초등학교를 졸업했지. 양 갈래로 높이 묶은 머리칼을 흔들며 엄마의 고급 승용차를 타고 학교를 다녔어. 남들이 좋다고들 말하는 중학교를 거쳐 남들이 좋다고들 말하는 고등학교에 입학했고, 남들이 좋다고들 말하는 대학에 합격 통보를 받았어. 인자하신 어머니와 자상하신 아버지는 외동딸인 나를 정말 애지중지하게 키워주셨지. 돈은 넘쳐났고 아낄 이유는 없었어. 다행히 쓸 데도 많았지. 돈이 많은 만큼 싸울 일도 없었고 모두가 행복했어. 그렇다고 믿었어. 난 고등학교 때까지, 우리 가족이 싸우지 않는 이유는 돈이 많기 때문이라고 믿었어.

왜냐고?

내가 아는 다른 모든 가족은 돈, 그놈의 돈 때문에 싸웠거든.

돈 때문에 자식은 우울했고, 돈 때문에 남편은 술을 퍼마셨고, 돈 때문에 남편은 아내를 쥐어 팼고, 돈 때문에 맞은 아내는 울었고, 돈 때문에 아내는 이혼 소송을 냈고, 돈 때문에

둘은 이혼했어.

하여간 난 돈 걱정 같은 건 없이 살았어. 그걸 내 천운이

라 여겼고, 주변에 돈이 없어 학원을 못 다니는, 부모가 싸우는, 이혼하는, 집이 압류당하는, 이사하는, 망하는, 아이들을 보면서 말없이 고개만 끄덕일 뿐이었지. 어쩌겠어? 저들은 돈이 없는데, 하면서 말이야.

그렇게 자신만만하게 살았지. 돈이 많은 우리 집은 평생 싸우지 않고, 망하지 않고, 불행하지 않을 거라 확신했어. 서울의 잘나가는 사립대학에 입학해선, 신입생 첫 학기부터 등록금 걱정에 뼈 빠지게 일하는 친구들을 보면서도 말없이 고개만 끄덕였어. 어쩌겠어? 저들은 돈이 없는데, 하면서 말이야.

이토록 오만하고 싸가지 없던 내게도 시련은 닥쳤어. 아버지가 무척 아프셨지. 가족력인 유전병 보균자였지만 늘 멀쩡했던 아버지였어. 슬펐냐고? 글쎄. 힘들었냐고? 글쎄. 아버지가 아픈 건 그다지 슬프지도 힘들지도 않았어. 그보다 더 슬프고 힘들었던 건, 인간이 평생을 통해 알아가도 되는 것들—이를테면, 돈과 욕심 앞에서 인간이 얼마나 추악하게 돌변할 수 있는가—을 난 그 열아홉 겨울에 몰아서 깨달아야 했다는 거야.

난 내가 분명 인자하신 어머니와 자상하신 아버지를 뒀다고 생각했어. 지난 19년간 그렇게 믿어왔고, 또 내가 본 걸

껍질은 그랬으니까. 그토록 점잖은 탈을 쓴 늑대일 줄 내가 어떻게 알았겠어. 아버지는 '죽음'이란 단어가 눈앞에 아른거리자, 아무것도 보이지 않았나 봐. 본인의 유산 — 빌딩, 땅, 현금, 회사 지분 등 우리가 돈이라 부를 수 있는 모든 것 — 을 전부 내 앞으로 돌려놓으셨어. 어머니에겐 한 푼도 양보하지 않으시고 말이야. 어머니는 오직 내조만을 아는 전업주부셨거든. 아버지가 돌아가시면 살 길이 막막한 분이셨어.

근데 또 그게 아니었더라고. 어머니는 할아버지의 사망원인이 아버지까지 떠나게 할까 봐, 아니 할 거라 굳게 믿고, 아버지 앞으로 사망보험을 왕창 들어놨었어, 몰래. 이게 바로 여자의 직감인가 봐. 아버지가 죽으면 받게 될 보험금이 정말 어마어마했어. 미래를 위한 투자였달까? 아버지가 이 사실을 알고 미쳐 날뛸 때 어머니, 이렇게 말씀하시더군. 다 당신을 위해서였다고, 아버지를 위해서였다고.

결국엔 우리 가족도 돈, 그놈의 돈 때문에 싸웠어.

돈 때문에 나는 우울했고, 돈 때문에 아버지는 술을 퍼마셨고, 돈 때문에 아버지는 어머니를 쥐어 팼고, 돈 때문에 맞은 어머니는 울었고, 돈 때문에 어머니는 이혼 소송을 냈고, 돈 때문에 둘은 이혼했어.

돈이 너무 넘쳐나서, 아버지는 병상에 누운 채로 이혼 서류를 읽었고, 어머니는 아버지의 장례절차와 이혼을 함께 준비했지. 돈이 너무 넘쳐나서 말이야.

난 견딜 수 없었어. 대학 입학식을 일주일 앞두고, 돈에 눈이 멀어 정신없이 싸우는 두 짐승은 정말 인간도 아니었어. 아버지는 길을 걷는 어머니를 향해 내가 먹고 있던 양파를 던졌고, 어머니는 그걸 핸드백으로 쳐서 다시 2층 병실에 골인시켰어. 아버지는 신고 있던 슬리퍼를 벗어 어머니의 뺨을 때렸고, 어머니는 들고 있던 서류뭉치를 구기더니 아버지의 입에 쑤셔 박았어. 골프채가, 화병이, 소화기가, 가습기가, 식판이, 젓가락이 중력을 잊고 하늘을 날았어. 파열음과 울음, 신음과 웃음이 공존하는 이상한 전쟁터였고, 세상 모든 물건—아, 인간도—이 제 본분을 잃고 제멋대로 행동하는 끔찍한 세계였지.

인자하신 어머니와 자상하신 아버지는 어디로 간 걸까. 내 곁에 남은 건 미친 여자와 미친 남자뿐이었어. 서로의 얼굴에 케첩과 초장을 뿌리며 싸우기 시작할 때, 난 직감했어. 아, 드디어 유혈사태가 벌어졌구나. 어서 이곳을 떠나야겠다. 여태껏 늘 조용히 구석에만 박혀 있던 내가 벌떡 일어나 소리쳤어.

대체 이게 뭐하는 짓거리야, 이 미친 새끼들아!

도무지 지칠 줄 모르던 두 인간과 달리 난 너무나 지쳐 있었어. 힘들었어. 짜증났어. 부모라는 사람들이 뭐하는가 싶었고, 이젠 더 이상 저것들이 부모로, 인간으로 보이지도 않았어. 집을 나왔어. 최소한의 짐과 최대한의 현금을 챙겨서 무작정 나왔어. 갈 데는 당연히 없었지. 대학 입학식을 일주일 앞두고, 학교 앞 고시텔에 방을 구했어. 돈은 꽤 있었지만 보증금 같은 거 넣고 있을 여유는 없었거든.

전화 한 통 안 오더라. 정말 아무도 날 찾지 않더라. 내가 가출을 한 건지, 분가를 한 건지 헷갈리더라. 그렇게 시간은 가고 대학에 잘 입학했어. 아버지라는 사람이 1학기 등록금은 진작 넣어둔 덕에 학비 걱정은 없었어. 대학에서 배움을 얻고 싶었어. 돈에 환장한 미친 연놈들은 잊어버리고, 제발 잊어버리고, 공부에 빠져보고 싶었어. 한 평생 배움에 몸 바쳤다는 교수들의 명강의를 듣고 싶었고, 내가 알고 싶은 것, 내가 배우고 싶은 것들을 더 심층적으로 알고 싶었어.

웃기는 소리 말라고? 아냐, 진심이었어. 난 정말 싸움과 욕, 돈, 욕심 같은 단어가 아닌 다른 것, 순수하고 소중한, 고귀한 무언가에 목말라 있었어. 그때 내가 할 수 있는 건, 하고 싶은 건 오로지 공부뿐이었지. 너무나 설레서 뱃속이 간지러운 걸 꾹 참으며 시간표를 짰어. 일주일 내내 시간표만 짰어. 너무나 배우고 싶어서, 배움에 대한 갈망이 뭔지 깨닫던 시간이었지.

하지만 대학 수업은 내 갈증을 풀어주지 못했어. 과목명과 교수명을 보며 행복해했던 나는 과목과 교수를 직접 보며 실망할 수밖에 없었어. 머리 빠진 교수들은 자기들만의 세계에 갇혀 있었고, 자기들만의 수업을 했어. 새로운 것도 없었고, 혁신적인 것도 없었어. 활발한 토론과 질문 같은 건 이루어지지 않았고, 학생들도 멍하니 있다가, 멍하니 갈 뿐이었어.

정말이지, 멍하니 있다가, 멍하니 가는 인간들뿐이었어.

그렇게 멍하게 살다가 시험기간만 되면 멍하니 고시생들이 되더군.

수업의 질보다도, 나의 배움보다도, 내 즐거움과 내 행복보다도 중요한 건 결국 학점이더군.

내가 지금 배우러 대학에 다니는 건지, 대학에 다녀야 하니까 배우는 건지 모르겠더라.

다른 인간들의 뒤통수를 빤히 쳐다봤어. 저들은 왜 이곳에서 탈출하지 못한 채 얽매여 있는가. 부모님 등골에 의지한 채 장학금 좀 받아보려 아등바등 애쓰다가 도저히 안 되겠다 싶어 학자금 대출을 받고, 빚쟁이가 되고, 휴학을 하고, 알바를 하고, 과외를 하고, 국가근로를 하며, 벌고 벌고 벌어서 이런 곳에다가 돈을 쑤셔 박는 이유는 뭘까. 그렇게 하면서까지 대학에 남아 있어야 하는 이유는 뭘까.

대학은 개인의 자유인가.
등록금 납부는 내가 결정할 수 있는 자유로운 소비인가.

난 주변에서 쉽게 찾아볼 수 없는 회의적이고 구린내 나는 새내기가 되어갔어. 다른 친구들이 미팅, 술자리, 동아리, 연애 같은 대학생의 주요 일과에 푹 빠져 있을 때—난 심지어 이들이 대학을 다니는 이유가 위와 같은 특권 때문일까 하는 생각까지 해봤어. 이를테면 누군가 가장 비싸다고 소문난 A 이동통신사에 가입하는 이유는 A 통신사의 멤버십 카드가 있으면 영화관 할인이 되기 때문이라고 말하는 것처럼 말이야—난 주머니에 손을 푹 집어넣고 아름다운 대학 캠퍼스를 거닐며 사색에 잠겼지. 말은 자꾸만 줄어들었고, 몰골도 갈수록 엉망이 되었어. 머리를 하지도 않고, 옷이나 신발을 사지도 않고, 네일아트도, 속눈썹 연장도 하지 않는 나는 비정상 취급을 받았지. 마치 인간으로 태어났다면 당연히 머리도 하고, 옷과 신발을 사고, 네일아트도, 심지어 속눈썹 연장 시술까지 받아야 하는 것처럼 사람들은 나를 이상하게 쳐다보더라.

멍하니 수업을 듣고 멍하니 걸어 멍하니 방에 들어왔어. 침대에 누워 멍하니 시간을 보내다가 다시 멍하니 수업을 듣고 멍하니 걸어 멍하니 방에 들어왔지. 하루? 이틀? 일주일? 글쎄, 시간의 단위들이 사라지던 시절이었어. 아침을 알리는 엄마도, 점심을 알리던 친구도, 저녁을 알리는 창문도 없었거든. 배꼽시계도 엉망이었고, 수면시간은 시공을 초월한지 오래였어. 난 아무 때나 잤고, 아무 때나 수업을 갔다가, 아무 때나 먹었어. 어느 것 하나 제시간에 하진 않았지만, 어느 것 하나 아예 빼먹지는 않았던, 참으로 이상한 시간들이 지나갔지.

기말고사를 보고, 학점을 받고, 방학이 됐어. 일을 하기 시작했어. 2학기 등록금은 둘째치더라도 월세며 생활비를 벌어야 했기에 놀 수는 없었어. 그때는 정말 아무 생각이 없었어. 2학기에도 학교를 다녀야 하나, 내가 제정신 차리고 열심히 살아야 하나, 열심히 사는 건 뭔가, 내 지식의 갈망을 채워주진 못해도 대학이란 원래 그런 곳이니 인정해야 하나, 따위의 앞으로의 내 시간을 결정하는 문제들 말이야. 생각하기도 싫었고, 어떻게든 되겠지 싶더라.

인맥이 없으면 생각보다 잘 잡히지 않던 과외를 사방팔방 뛰어다니며 알아보고, 패스트푸드점, 편의점, 고깃집, 레스토랑을 전전했어. 멍, 하게 살던 학기 중의 내가 아니었지. 정말, 왜 그렇게 열심히 살았나 싶을 정도로 쉬지 않았어. 그래서 난 내 생각을 할 겨를이 좀처럼 없었어. 나에 대한 생각을 하지 않으니 비참해질 겨를도, 회의적이고 구린내 나는 새내기로 돌아갈 일도 없었어.

열심히 돈을 벌었으니 2학기 등록금을 내야겠다고 생각했어. 대학의 효용성 여부를 떠나 돈을 벌었으니 내 돈으로 다시 한 번 배움의 기회를 얻어 보고 싶었어. 시간표를 짜던 그 간질이던 느낌이 그리웠어. 그리고 그곳이 아니면 달리 갈 데도 없었어.

하지만, 등록금은 내가 두 달 동안 모은 돈의 두 배가 넘더라. 몰랐던 건 아닌데, 왜 새삼스럽다는 듯 놀란 척 했던 걸까. 내 실낱같은 희망을 확인사살하려 했던 걸까. 난 다시 예전의 나로 돌아가, 멍-해졌어. 하늘은 더없이 파랬고, 나무는 더없이 푸르렀고, 날씨는 더 없이 뜨거웠어. 나는 더없이 멍해졌지. 하늘과 나무와 날씨는 알까. 서울 사립대 한 학기 등록금이 얼마 정도 하는지. 모르겠지, 모르겠지.

2007년 여름, 오빠는 달리고 있었겠지. 대학이 뭔지, 학력이 뭔지, 등록금이, 월세가, 생활비가 뭔지 모른 채, 등 뒤에 어머니를 싣고 열심히 달리고 있었겠지. 오빠도 몰랐겠지, 몰랐겠지. 서울 사립대 한 학기 등록금이 얼마 정도 하는지. 몰랐겠지, 몰랐겠지.

아무도 모르길래
그냥 다 때려치웠어.

과외도 알바도 공부도 학교도 모든 걸 말이야. 최소한의 짐과 최대한의 돈을 가지고 집을 나왔던 난, 다시 최소한의 짐과 극소량의 돈을 가지고 고시텔을 나왔어. 짐도 가볍고

돈도 가벼우니 몸도 마음도 가벼워지더군. 하늘은 더없이 파랬고, 나무는 더없이 푸르렀고, 날씨는 더없이 뜨거웠어. 나는 더없이 가벼워졌고. 하늘과 나무와 날씨는 알 거야. 없는 자의 가벼움을. 알겠지, 알겠지.

내친 김에 머리도 짧게 깎아버렸어. 워낙 남자같이 투박하고 못생긴 얼굴이라 아무도 날 여자라 생각하지 않더라. 자그마한 여행 가방을 들고 떠돌아다녔어. 제2의 인생이 시작된 거야. 아무것도 없어서 비참할 수 없는 사람의 삶이야. 황무지에서 태어나, 사슴과 토끼를 잡아 모닥불에 구워먹는 삶. 자연은 우리 모두의 것이요, 우리 모두는 자연의 것이니 어느 것에도 욕심이 없는 삶. 세상 어떤 공공재에도 빚지지 않은, 오직 태양의 빛과 물의 생명과 자연의 영양소만을 순환시킬 뿐인, 그런 인간의 삶 말이야. 곧 철거될 예정인 판자촌의 빈집에서, 지하철역에서, 서울역에서, 학교에서, 공원 벤치에서, 한강에서 밤을 보냈어. 어디든 이불만 깔면 침대였고 별 보이는 천장을 지닌 커다란 방이었지. 하루에 컵라면 하나를 먹었고, 가끔 무료급식을 하는 곳에 가서 할아버지들과 나란히 앉아 든든히 배를 채웠어. 학교 기숙사에 몰래 들어가 몸을 씻고 빨래를 하기도 했어. 겨울이면 노숙자합숙소에서 잠을 청하고, 다시 눈 녹는 봄이 되면 밖으로 나와 일광욕을 즐겼지.

그래, 난 노숙자였어.

밖에서 자는 사람이었으니까. 집이 없었으니까. 하지만 너무나 가벼웠지. 어떤 것에도 욕심이 나지 않았어. 배가 부르면 행복했지만, 배가 고픈 것도 나쁘지 않았어. 샤워를 한 뒤면 상쾌했지만, 샤워를 하지 않아도 나쁘지 않았어. 몸이 따뜻하면 편안했지만, 추워도 나쁘지 않았어.

이상하게 많은 걸 가질 수 없으니 모든 게 나쁘지 않았어.

싸움과 욕, 돈, 욕심 같은 단어가 아닌 다른 것, 뭔가 순수하고 소중한, 고결한 것은 겨우 대학 따위에서 찾을 게 아니었던 거야. 우리의 길은 길바닥에 놓여 있었어. 땅을 보며 걸으며 그것들을 하나하나 주워 담았지. 모든 길엔 길이 놓여 있었어. 1년여 간 노숙을 하며 케첩과 초장, 날아다니는 골프채, 화병, 소화기, 가습기, 식판과 젓가락으로 인해 더러워졌던 내 몸을 씻었어. 욕심 없이 살고 싶어졌어. 나의 제1의 인생이 점잖은 탈을 쓴 짐승들의 돈 욕심으로 지저분했다면, 제2의 인생에선 무욕(無慾)이라는 이름의 까만 크레파스로 그 위를 칠해버리고 싶었어. 새카맣고 촘촘하게, 빈틈없게.

내 휴학 소식을 들은 몇 안 되는 친구들은 기겁을 하며 말렸어. 그건 아니야. 네가 세상에 불만이 있으면 더 열심히 해서 바꾸면 되는 거잖아. 노력도 안 하고 왜 도망치는데. 넌 충분히 능력 있어.

하, 지랄.

세상에 불만을 가지고 미친 듯이 명문대를, 직책을, 권력을, 명예를 향해 달리다 보면 어느새 나를 향한 세상은 바뀌어 있어. 날 대하는 세상의 자세가 달라진다고. 그럼 그때부턴 잊는 거야. 초등학생이 여름방학 계획표를 만들던 초심을 잊듯, 개구리 올챙이 적 모르듯, 난 내가 힘들었던 그 세상을 기억하지 못해. 지금 내게 호의적인 이 세상을 유지하기 위해 더러운 짓거리를 일삼을 뿐이지. 그게 말이나 된다고 생각해?

2008년 초겨울 밤, 재개발을 앞둔 동네에서 빈집을 찾아 헤매고 있었어. 길 위에 놓인 나의 길을 주우며 휘파람을 불던 난, 문득 어느 집 앞에 멈춰 서. 섬뜩한 바람이 등골을 관통하는 날씨 속에서 자그마한 여행 가방을 든 꾀죄죄한 나는 그 집을 한참 동안 바라봐. 짧아진 해가 산 아래로 추락하다가 멍하니 서 있는 나를 잠깐 돌아봐. 너 거기서 뭐하니, 그냥 빈집이잖아. 문 열고 들어가서 자면 되지, 춥게 왜 그러고 서 있어.

아뇨, 이 집, 이상해요.

난 대답했어. 짧아진 해는, 이러든 저러든 상관없다는 듯 어깨를 으쓱 하더니, 결국 산 아래로 추락했어. 길었던 그림자가 순식간에 희미해졌고 난 두 손을 꼭 마주잡았어.

그래, 여자의 직감이었던 거야.

5
고통도 콩 한 쪽처럼

전화벨이 요란스레 울렸다. 봉지에 맥주병을 담고 있던 손이 소스라치며 놀랐다. 물기 어린 병이 손가락 사이에서 미끄러지더니 둔탁한 소리를 내며 상 위에 떨어졌다. 다행히 깨지진 않았다.

— 오메, 이 아가씨 정신이 없네.

등산복 차림을 한 아저씨의 얼굴엔 때 이른 단풍이 들어 있었다. 풍기는 술 냄새로 보아 등산 도중 넙적 바위에 앉아 낮술이라도 한 모양이다. 아저씨는 내가 떨어뜨린 맥주병을 다시 봉지에 넣더니 번쩍 들고 휘적휘적 사라졌다. 과자와 술로 가득한 봉지가 빵빵했다.

전화벨은 계속 울렸다. 업체용 전화기라 그런지 전화를 받고, 거는 기능 외엔 — 심지어 발신자 번호 표시도 안 되는 — 되는 게 없는, 벨소리만 요란한 구식 제품이었다. 온 신경을 곤두서게 하는 날카로운 소리가 계속됐다. 하지만 난 전화를 받지 못하고 있었다. 입술을 잘근잘근 깨물며 땀으로 가득 찬 두 손을 맞비볐다. 전화벨은 한번 끊긴 뒤 다시 울리기 시작했다. 어서 받으라고 채근하는 모양새가 사나웠다. 놀란 가슴을 진정시키며 수화기를 들었다.

— 왜 이렇게 전화를 안 받아? 뭐하고 있는 거야?

사장님의 화난 목소리가 가느다란 전선을 타고 흘러나왔다. 난 눈을 감은 채로 깊은 한숨을 쉬었다. 떨리던 심장의 진동이 순식간에 사그라지면서 갑작스런 허탈감이 온 몸을 감쌌다.

— 죄송해요. 백룸에서 과자 빼고 있었어요.

— 일 좀 정신 차리고 해.

사장님의 잔소리가 이어졌다. 유통기한 확인하기는 하냐(네 타임 끝나면 유통기한 오바된 게 쏟아져 나온다), 청소는 제대로 하느냐(매대에 모기 시체 쌓여 있는 거 치워라), 얼음컵은 채우고 있느냐(네가 직접 만드는 거 손님한테 들키지 마라), 너 인사 똑바로 안 하는 것 같더라(손님은 왕이다), 꼬치꼬치 트

집 잡더니 결국 결론은 '너 말고도 할 사람은 지천에 널렸다'로 끝났다.

—잘 하고 있어요. 걱정 마세요.

—사장님 피곤해. 잘 해, 알았지?

—네, 들어가세요.

전화는 끊겼고 겨우 이딴 전화를 받으려고 온 체력을 소진한 내가 바보 같았다. 담배 매대에 몸을 슬며시 기대고 숨을 내쉬었다. 흐읍, 하아, 흐읍, 하아. 언제까지 이렇게 전화벨 소리에 움츠려야 하는가, '말보로 레드 주세요.'라는 말에 소스라치게 놀라야 하는가, 색색의 연금복권을 외면하고 무시하려고 노력해야 하는가.

시티 홀에 안 간 지 한 달이 되어간다. 내가 고개를 들고 바라볼 수 있는 공간은 점점 협소해졌다. 난 시티 홀을 보지 않기 위해 뒤돌아보지 않았고, 내 심정은 모른 채 의연하게 꽂혀 있는 연금복권을 보지 않기 위해 카운터 왼편을 바라보지 않았으며, 엄마도, 동생도, 심지어 그 어떤 손님도 똑바로 바라볼 수가 없어 앞을 보지 않았다. 결국 내가 눈 마주칠 수 있는 곳은 땅바닥뿐이었다. 세상의 모든 아픔과 슬픔, 어둠을 삼킨 듯 우울하지만 또 그만큼 겸허한 아스팔트 바닥뿐이었다.

밋밋하고 까만 아스팔트 바닥처럼 내 생활은 그래도 어찌어찌 굴러갔다. 멈추지 않는 미세한 진동에 가벼운 멀미를 하다가 갑작스런 과속방지턱에 철컹, 한 뒤, 다시 쉴 새 없이 굴러갔다. 빨간불을 만나면 멈춰 섰고, 초록불을 만나면 출발했다. 가끔 예상치도 못한 인물들이 튀어나와 사고를 내기도 했지만, 그들은 태연히 일어나 제 갈 길을 갔다. 나에게 관심을 갖는 사람은 없었으며, 나 홀로 미세하게 흔들리는 삶 속에서 멀미를 앓을 뿐이었다.

외로울 뿐, 괴롭진 않다고 썼었다. 하지만 어두운 외로움이 계속되자 그것은 곧 괴로움으로 형상이 바뀌었다. 냄새를 풍기며 발효되는 된장처럼, 기침감기가 지속되면 폐렴이 되듯이, 감정 또한 시간이 지나자 조금씩 자리를 옮기며 성질을 바꾸었다. 외로움이 돌변한 괴로움은 날 잡고 놓아주질 않았으며, 괴로움이 돌변한 고통은 내 등 위에, 귓바퀴 위에, 눈꺼풀 위에, 콧날 위에 들러붙었다.

내가 가장 좋아하는 손님이자 가장 친절하게 대했던 손님이 말보로 레드를 사가는 깔끔한 그였다면, 내가 가장 싫어하는 손님이자 두 번째로 친절하게 대하는 손님은 골초에 마초인 끔찍한 배불뚝이였다. 그는 삼성전자 사장단 중 한 명인 마흔여덟의 유부남이었으며 그의 아내와는 띠동갑이었다. 사진으로 본 아내는 무척 예뻤고 늘씬한 몸매가 매력적이었다. 피부는 까맸으며 쌍꺼풀 진 커다란 눈이 돋보였다. 필리핀 여성인 그녀는 '미안해요'라는 말 외엔 한국말을 전혀 할 줄 모른다고 했다. 반면 그는 앞으로 백 년은 안 먹어도 될 만큼 커다란 지방주머니를 배에 매달고 있었으며 하루에 담배를 두 갑씩 피우는 끔찍한 골초였다. 커피전문점에서 파는 아메리카노보다 다방커피를 좋아해서 가방에 커피믹스와 종이컵을 가지고 다녔다. 편의점에 오면 담배를 산 뒤 종이컵과 스틱을 내밀며 '커피 한 잔 부탁해, 미스리'라고 간드러지는 콧소리를 해댔다. 역겨웠다. 재떨이에 탄 커피 같은 입 냄새를 풍기며 만삭의 배를 어루만지는 그는 두 발로 걸어 다니는 돼지에 지나지 않았다.

난 군말 않고 커피를 타주었다. 회오리치는 크림 사이로 녹지 않은 커피 한 알이 둥둥 떠다녔다. 커피스틱으로 그 놈을 쫓으며 찔렀다. 잘도 쏙쏙 피해 다니던 놈이 결국 스틱에 걸려 산산조각 났다. 난 만족스런 웃음을 지으며 종이컵을 그에게 내밀었다.

—고마워, 미스리.

담뱃진에 찌든 누런 이빨을 드러내며 그가 말했다. 나는 눈웃음을 지으며 고개를 살짝 끄덕였다.

카운터 앞에서 커피를 홀짝이는 배불뚝이 남자와 한 공간에 있는 건 여러모로 힘든 일이었다. 그가 거친 숨을 내쉴 때마다 끼쳐오는 담배냄새, 뜨거운 커피를 홀짝이는 사실적이고 더러운 소리, 이빨 사이에서 찌꺼기를 빼내는지 오물조물거리는 지저분한 입이 나를 끊임없이 괴롭혔다. 두 손을 주머니에 넣은 난 말 없이 땅바닥과 눈을 마주쳤다.

—여기서 일한 지 얼마나 됐지?

—반년 조금 넘었네요.

—시급은 여전히 쥐꼬리만 한가?

—아, 네, 뭐……. 편의점인데 이해해야죠.

—저런, 저런, 미스리처럼 예쁜 여성이 겨우 편의점에서 남의 물건이나 계산해주고 있다니.

고개를 도리도리 흔들며 눈을 내리깔고 커피를 마시는 모습이 영락없이 물 마시는 돼지였다. 이마에 가득 맺힌 땀방울이 주르륵 미끄러져 내려와 턱 끝에 간신히 매달렸다.

—혹시 다른 일 해볼 생각은 없나?

그가 고개를 든 순간 땀방울이 바닥으로 툭, 떨어졌다.

그리하여 난 그가 다니는 회사의 전화 상담원으로 특별 채용되었다. 최저시급도 안 되는 4,400원을 받던 편의점 알바생이 하룻밤 사이에 대기업 직원이 되어 있었다. '출근'이란 단어가 새로워졌고 '퇴근'이란 의미가 각별해졌다. 사장씩이나 되는 사람이 일개 전화 상담원을 신경 쓸 수 있다는 점에서 놀랐고, 그렇게 커보이던 회사를 쥐고 있는 건 결국 극소수의 임원이란 사실에 수긍이 갔다.

엄마에게도, 동생에게도 취직 사실을 알리지 않았다. 아침 일찍 해가 뜨자마자 소리 없이 집을 나왔고, 자식들 먹이를 구하느라 지친 어미 참새처럼 축 처진 모습으로 밤늦게 돌아왔다. 잠자리에 눕자마자 곯아떨어졌고, 악몽을 꾸거나 가위에 눌릴 겨를도 없이 깊은 잠을 잤다. 하루에 채워야 하는 목표 콜량이 어마어마하게 많았기 때문에 다른 무언가를 생각할 힘도 시간도 없었다. 씻으면서도, 걸으면서도, 밥을 먹으면서도 '빨리 해야지'라는 생각뿐이었다. 어떻게 하면 더 빨리 씻을까, 어떻게 하면 더 빨리 걸을까, 어떻게 하면 더 빨리 먹을까. 그 당시 내가 했던 생각을 정리하라면 이 3가지로 압축할 수 있었다.

달라진 삶은 만족스러웠다. 동료들은 불평불만을 입에 달고 살았고, 자신을 소중히 여겨주지 않는 고객에게 화가

나 늘 울상이었지만, 난 묵묵히 일할 뿐이었다. 그 어떤 미친년을 만나도, 그 어떤 미친놈을 만나도 얼굴 가득 미소를 짓고 '죄송합니다, 고객님'을 연발했다. 힘든 건 듣고 있는 내가 아니라, 나 같은 말단 직원에게, 아무것도 모르는 콜센터 상담원에게 화를 내고 있는 너였다. 난 네가 제 풀에 지칠 때까지 기다렸고, 숨에 차 헐떡거릴 때부터 내 말을 사근사근하기 시작했다. 난 괜찮았다. 그 어떤 욕을 들어도, 그 어떤 괴성을 들어도, 묵묵히 참아낼 뿐이었다. 나와는 관계없는 타인의 분노였고 짜증이었다. 게다가 매달 통장에 입금되는 돈은 그 정도 감정노동은 충분히 견딜 수 있을 만큼 컸다. 동료들은 '쥐꼬리만 한 월급'이라며 이직을 준비했지만 — 너희가 진짜 '쥐꼬리만 한 월급'을 받아봐야 정신을 차리지 — 난 두 배로 늘어난 월급이 황홀하기만 했다. 물론 근무시간이 편의점과 다르긴 했지만, 시급으로 따지면 엄청난 상승이었다. 게다가 주 5일제라 주말엔 죽은 듯이 잠만 잘 수 있었다.

첫 월급이 들어온 주말, 하루 내내 잠을 자다 늦은 밤 부스스 일어나 라면을 끓였다. TV를 보던 엄마가 나를 빤히 쳐다보는 게 느껴졌다. 의식하지 않는 척 자연스레 움직였다. 냉장고에서 김치를 내와 식탁에 앉자 엄마가 생활비 통장을 들고 방을 나왔다. 내 맞은편에 앉으며 통장을 식탁에 올려놓았다.

—뭐니.

—뭐가요.

—요즘 일하니.

—그냥, 좀.

—취직했어?

—그냥, 좀.

—일은 안 힘들어?

—그냥, 좀.

—공장은 아니지?

—응, 편한 일이야. 걱정 마.

나는 태연히 라면을 먹었다. 모락모락 피어오르는 김 사이에 얼굴을 처박고, 세상에 이처럼 맛있는 음식이 또 없다는 듯이, 면을 후루룩, 후루룩, 김치를 우걱우걱, 다시 후루룩, 후루룩, 달걀을 오물조물, 국물을 캬아.

엄마는 라면을 먹는 날 빤히 쳐다보았다. 한 손에 통장을 꼭 쥐고, 고개를 삐딱하게 기운 자세로 날 바라봤다. 주름살을 늘어뜨리고 어깨에 힘을 푼 채 의자에 기대어 있었다.

영혼이 빠져나간 육체 같다는 느낌이 들었다. 사람마다 각자 하나씩은 믿고 의지할 게 있어야 한다면, 엄마에겐 그런 게 존재할까? 엄마는 뭘 믿고, 뭐에 의지한 채 살아가는 걸까. 혹시 엄마도 당신이 바라던 삶을 내가 살아주길 바란 건 아닐까. 세상 모든 엄마들이 그렇듯이, 우리 엄마도 그랬을까. 식탁 의자에 온 몸을 맡긴 채 흐리멍덩한 눈빛으로 나를 보던 엄마가 불현듯 입을 열었다.

—자존심을 지켜.

할 말이 없었다. 자존심? 지켜야지. 당연히 지켜야지.

—지지 말고, 항복하지 말고.

물을 벌컥벌컥 들이켰다. 꺼억, 하며 트림을 하자 신물이 함께 올라왔다. 목구멍이 화끈거리고 아파서 인상을 찌푸렸다.

—엄마처럼 살지만 마.

그 말을 끝으로 엄마는 다시 방으로 들어갔다. 한 손엔 통장을 꼭 쥔 채, 다른 한 손은 허공에 늘어뜨린 채, 유령처럼 걷는 듯 흐르는 듯 방으로 들어갔다. 다시 반쯤 누워 TV를 바라보겠지. 흐리멍덩한 눈빛으로 웃지도 울지도 않고 멍하니 바라만 보다가 애국가가 울려퍼질 무렵에야 TV를 끄고 잠자리에 들겠지. 이불을 머리끝까지 둘러쓰고 작은 몸을 둥그렇게 껴안은 채. 그게 엄마의 삶 아닌 삶이었고, 일과 아닌 일과였다. 난 다행이라고 생각했다. 엄마가 내게 바라는 것이, 엄마가 원한 삶을 대신 살아주는 게 아닌, 엄마가 산 것처럼만 살지 않는 것이라면, 할 수 있었으니까. 녹색의 네모난 다시마를 건져내어 입에 넣고 씹었다. 간이 빠져 아무 맛도 나지 않았다. 퉤, 뱉었다. 접시 귀퉁이에 쭈그린, 찢어진 다시마가 엄마 같다고 생각했다. 아니, 나를 더 닮았다고 생각했다. 잠시 후 애국가가 울렸고, 엄마는 TV를 껐다.

순조로운 직장생활이었다. 난 이달의 우수사원 후보에 올랐고, 동료들은 '얘, 너 그거 뽑히면 성과급이 얼만지 알아?'라며 내 등짝을 때렸다. 나는 그냥 씩 웃을 뿐이었다. 참는 자에게 복이 오리니. 난 모든 걸 참았고, 인내했고, 감내했다. 남자 동료들은 날 당뇨병 환자로 만들 셈인지 하루에도 몇 번씩 자판기 커피를 뽑아서 내 자리에 올려놓았고, 난 예쁜 눈웃음과 함께 '고마워요'를 연발하며 슬며시 발아래에 둔 플라스틱 통에 커피를 버렸다. 다방커피라면 딱 질색이었고, 일할 때는 언제나 정신이 말짱히 깨어 있었기에 괜히 화장실만 자주 가게 될 뿐, 도움 될 게 없었다.

문제는 그래, 결국 우수사원 후보로 선정된 날 일어났다. 가장 행복한 시절과 가장 불행한 시절이 함께 오듯, 가장 좋은 사람과 가장 싫은 사람을 동시에 만나게 되듯, 내게도 행운과 불운은 함께 찾아왔다. 동료들과 늦은 점심을 먹으며 거듭된 축하인사를 받고 자리에 앉은 뒤였다. 한창 속도가 붙고 일에 빠져들 무렵, 헤드폰에서 익숙한 목소리가 귓전을 때렸다.

— 여보세요.

단 네 글자에 난 얼어붙었다. '네, 안녕하세요, 고객님. 삼성전자 서비스 콜센터 상담원 아무개입니다. 무엇을 도와드릴까요?'라고 말해야 하는데, 입이 떨어지질 않았다. 놀라서 심장이 빨리 뛰기는커녕, 멈춰버린 기분이 들었다. 침을 꼴깍 삼키고 자연스럽게, 최대한 자연스럽게 목소리를 내려 했지만 소리 자체가 나오질 않았다. 이와 목젖, 혀가 함께 붙어버린 듯 깍깍거리는 소리만 머릿속에서 맴돌 뿐이었다.

— 여보세요? 서비스 센터 맞죠?

고객이 재차 확인했다. 소리가 터지질 않으니 눈물이 대신 터질 것만 같았다. 목을 세게 쥐었다 놓고, 가슴을 쾅쾅 쳤다. 그래도 목소리는 나오지 않았다. 전화를 건 고객은 계속해서 "여보세요, 여보세요."하며 사람을 찾더니, "뭐야, 잘못 걸었나?"하며 전화를 끊었다.

전화가 끊기자 울음이 터져 나왔다. 울음도 소리였으니 소리를 내긴 한 것이다. 벙어리가 된 건 아니라는 안도감과 벙어리가 될 뻔했다는 공포감이 함께 엄습했다. 가방을 들고 뛰쳐나왔다. 어딘가 숨을 곳을 찾다가 화장실로 들어가 문을 잠갔다.

큰 소리로 울었다. 가슴을 부여잡고, 목을 감싸 쥐고, 얼굴을 문지르며 내가 낼 수 있는 모든 소리를 냈다. 나의 오열은 작은 화장실에서 큰 울림이 되어 다시 내게 돌아왔다. 짐승이 포효하는 소리였으며, 가장 원시적인 소리였다. 그렇게 실컷 울고 나니 제풀에 지쳤는지 눈물이 잦아들고 화장실 광경이 보이기 시작했다. 아리수에 이틀 동안 불려놓았던 서클렌즈는 내 짜디 짠 눈물에 다시 한 번 절어 눈 밖으로 튀어나올 기세였다. 렌즈를 뺀 뒤 거울을 바라봤다. 화장이 형편없이 망가짐과 동시에 퉁퉁 부은 눈이 쌍꺼풀의 흔적까지 지워내고 있었다. 아무 생각도 들지 않았다. 가방을 뒤져 파우치를 꺼냈다. 눈 화장을 대충 지우고 눈 주위로 무너진 비비크림을 다시 바른 뒤 아이라이너로 간단하게 선만 그려 넣었다. 예쁘진 않았지만 전처럼 흉측하지도 않았다. 파우치를 다시 가방에 집어넣다가 문득 지갑에 손이 스쳤다. 지갑을 빼내서 열었다. 두 번 접어 깊숙이 넣어놓았던 누런색 연금복권을 꺼냈다.

3조 983441

또렷한 숫자가 날카롭게 가슴에 꽂혔다. 분명 그의 목소리였다. 말보로 레드 주세요, 할 때의 음성과 말투, 억양을 가지고 있었다. 아니다. 그가 아니었다. 아니다. 정말 그였다. 아니다. 그런 목소리를 가진 남자는 대한민국에 널리고 널렸다. 아니다. 흔치 않다. 수만 개의 인격이 머릿속에서 충돌했다. 정말 그였을까? 이민 간 사람이 삼성전자 제품을 쓰다가 물어볼 게 생겨 서울의 서비스 센터에 전화를 한다? 에이, 설마. 말도 안 돼. 말이 왜 안 돼, 삼성은 세계적인 기업인걸. 그래도 그렇지, 그가 아닐 거야.

바쁘고 고된 일에 치여, 잊고 있었던 감정들이 순식간에 되살아났다. 외로움이 변질된 괴로움, 괴로움이 돌변한 고통이 나 아직 살아 있다며 낄낄낄 웃어댔다. 나 자신을 알 수 없었다. 돈은 좋았다. 하지만 이 복권은 날 옥죄어 올 뿐이었다. 내게 최소한의 양심은 있는 건지, 그래서 이렇게 괴로운 건지 생각했다. 하지만 난 이런 어마어마한 공포와 두려움이 '양심'이라고 말할 최소한의 양심도 없었다. 난 깨끗하지 못한 사람이었으나, 매번 사장의 커피를 타주고 그에게 눈웃음을 지어주는 사람이었으나, 이 복권 앞에선 의연해질 수 없었다. 변기로 다가갔다. 찢으려고 하는 순간 그래선 안 된다는 뜨거운 무언가가 가슴을 스치고 지나갔다. 움직이던 손을 멈추고 복권을 뚫어져라 바라봤다. 3조 983441도 나를 뚫어져라 쳐다보았다.

한참 뒤 난 조용히 중얼거렸다.

'자존심을 지킨다. 지지 않는다. 항복하지 않는다. 그리고, 엄마처럼 살지 않는다.'

복권을 다시 두 번 접어 지갑에 넣었다. 거울 속에 비친 내 모습이 무척 커보였다.

퇴근 길, 버스를 기다리는데 검은색 오피러스가 내 앞에 멈춰 섰다. 조수석 창문이 내려가더니 그의 얼굴이 보였다. 뒤룩뒤룩 살찐 턱을 움직이며 그가 내게 소리쳤다.

—할 말 있네. 타봐.

가방을 들고 화장실로 뛰쳐나간 게 화근이었다. 꽤나 오랜 시간 동안 가방까지 싸들고 자리를 비운 탓에 모두 내가 집에 가버린 줄 알았단다. 말도 안 되는 핑계를 대며 상황을 모면했지만 어찌된 일인지 삽시간에 '오늘 우수사원 표창 받은 애가 막 울면서 집에 일찍 가버리더라'라는 소문이 콜센터 내에 쫙 퍼져 있었다. 근무지는 다르더라도 그가 들었을 수도 있겠다 싶었다.

—일은 어때? 할 만한가?

—덕분예요. 감사합니다.

—내 덕분이라니, 다 미스리가 이쁘고 착한 덕이지.

그가 껄껄 웃으며 내 어깨를 스윽, 스윽 어루만졌다. 여지를 남겨두려는 듯한 그의 손짓이 가소로웠지만 거부할 순 없었다. 차 안에 베인 독한 담배냄새와 커피냄새가 끔찍했다. 어서 이 좁은 공간을 나가고 싶단 생각뿐이었다.

—힘든 일 있음 얘기하게. 내가 집어넣었는데 내가 책임져야 않겠나.

책임이라니, 세상에 이렇게 무책임한 단어가 또 어디 있나. 난 가방끈을 꼭 부여잡고 고개를 숙였다. 그리고 주눅든 목소리로 속삭였다.

—오늘 일 죄송합니다. 사정이 생겨서요.

—아냐, 아냐, 아냐. 그럴 수도 있지. 이 세상에 몸 부대끼며 살고 있는 사람이라면 자연스러운 일이야.

그가 손을 과장되게 흔들며 말했다. 정체 구간에 붙잡힌 차가 움직일 생각을 하지 않았다. 답답했다. 오늘은 시간이 좀 더 걸리더라도 지하철을 탔어야 했다. 어느새 그의 손이 내 허벅지를 쓸어내리고 있었다.

— 내가 좀 난처하긴 했지만, 괜찮아, 괜찮아. 그래도 우수사원 표창 축하하네. 전문기술자 상담원도 아닌데 대단해! 남들보다 연결 능률이 두 배라고 들었어.

— 아, 아니에요. 그냥 운이 좋았던 거예요.

내가 가벼운 웃음을 머금고 말했다. 다행히 허벅지에서 손을 뗀 그는 다시 내 어깨를 스윽, 스윽 어루만졌다. 차는 느릿느릿 움직였고 마음은 갈수록 무거워졌다.

— 어디에 내려주면 되지?

— 당산역이요. 거기서 2호선으로 환승하거든요.

— 집까지는 먼가?

— 괜찮아요. 사장님도 피곤하신데, 쉬셔야죠.

그는 당산역 방향으로 차를 돌렸고, 담배와 커피 냄새로 찌든 차 속엔 침묵만이 남겨졌다. 난 묵묵히 창밖을 바라봤다. 어두워서 그런지 한강 물이 놀랍도록 검었다. 저 속엔 누가 죽어 있을까. 찰방대는 물속에 놓여 있을 몇 구의 시신들이 떠올랐다. 이름을 알 수 없는 시신들. 그들은 알려지길 원할까, 아님 영원히 침묵하길 원할까. 죽는 사람들은 나를 알리기 위해 죽는가, 나를 침묵시키기 위해 죽는가.

— 옳지 못한 일을 한 것 같아요.

한강을 바라보던 내가 문득 입을 열었다. 나는 알려야 하는가, 침묵해야 하는가.

— 그래서 외롭고 괴롭고 두려워요. 무서워요. 이런 고통 앞에서 사람들은 어떻게 대처하나요?

그가 나를 힐끗 쳐다보는 시선이 느껴졌다. 검은 한강 물은 대답하지 않았다. 대신 뒤에서 그가 헛기침을 했다.

— 콩 한 쪽도 나눠먹으라는 말이 있지.

교통체증에서 풀려난 차는 쌩쌩 달렸고 강바람이 머리칼을 쓸어주었다.

— 고통도 마찬가지야. 고통도 콩 한 쪽처럼.

시원했다.

— 나눠먹어야지. 사이좋게.

역 출구임을 알리는 기둥이 보이기 시작했다.

— 너 혼자 먹으면 남들이 시기할거다.

차는 역 앞에 멈춰 섰다. 그는 혼란스러운 눈빛으로 나를 바라봤다. 바람에 흐트러진 머리칼을 정리하며 차에서 내렸다. 창문에 비친 내 눈동자는 놀랍도록 차분했다. 감사의 인사를 한 뒤 역으로 향했다. 계단을 치는 구두 밑창 소리가 한강을 건너는 것처럼 첨벙, 첨벙했다. 검은 한강은 여전히 침묵하고 있었지만 난 이제야 답을 얻은 것 같았다.

고통도 콩 한 쪽처럼
나눠먹는 법이다.

피터가 고도를 위하여

그 당시 줄기차게 꾸던 꿈이 있어. 긴 하늘색 프릴치마를 입고 밀짚모자를 쓴 어머니가 아버지를 향해 자기야, 라고 부르는 꿈이야. 갈대밭 사이에 서서 선선한 바람에 치맛자락과 머리칼을 맡기고 아버지를 부르던 어머니. 예쁜 얼굴에 함박웃음을 띤 채 가느다란 팔을 흔들지. 풀잎 위 작은 무당벌레를 보고 있던 나와 아버지는 어머니의 부름에 뒤돌아봐. 높고 새파란 하늘이 금방이라도 만져질 것 같은 그런 아름다운 풍경이었지. 그렇게 서로에게 한참 손을 흔드는데, 어머니가 점점 멀어지는 거야. 여전히 웃는 얼굴로 긴 손가락을 천천히 흔들며. 다급한 목소리로 엄마, 하고 부르곤, 아빠, 엄마가 멀어져, 하며 아빠를 찾는데, 아빠도 저 멀리로 떠나고 있는 거야. 어린 나를 가운데 두고 서로 멀어져가는 거야. 점점 작아지는 거야. 예쁘게 손을 흔들며 그렇게, 그렇게. 멈추지 않고. 결국 그들이 점 하나가, 점 둘이 되어 사라지는 순간, 난 벌떡 잠에서 깨곤 했지.

나를 떠나가는 사람들을 막을 도리가 없었어. 한 세기를 살다간 할아버지, 반세기도 못 살다간 아버지, 그리고 브레이크가 고장 난 죽음행 기차를 타신 어머니. 모두가 이렇게 떠나간 뒤 난 버려진 빈 집에 홀로 남아 방구석에 핀 곰팡이와 함께 생을 마감하겠지.

그게 미친 듯이 두려웠어.

몸에 난 세월의 흔적들. 발뒤꿈치에 배긴 굳은 살, 점점 까매지는 팔꿈치, 가벼운 상처의 끈질긴 흉터들, 탄력을 잃는 피부며 낮아지면 낮아졌지 절대 높아지진 않는 시력, 청력, 기억력 등 온갖 '력'들. 이 모든 것들이 내가 살아온 세월을 증명하며 죽음이라는 목적지를 향해 달렸어. 그 질주를 막을 방법이 없었어.

상대성이론에서 시작해 백숙으로 끝나는 이야기의 결말엔 선택지가 없는 법이야. 바닥이 보이지 않는 나락, 출구를 찾을 수 없는 절벽만이 나와 어머니를 기다리고 있었지. 우리를 기다리는 미래의 삶에는 여러 개의 갈림길이 있어야 마땅했지만, 어째서인지 곧고 긴 골목길만 이어질 뿐이었어.

아무리 걸어도, 걸어도 골목길엔 끝이 없었기에, 나는 여기서 그만 멈추기로 해. 어머니의 쪼그라든 몸을 업고 집으로 돌아왔어. 불멸의 광택, 영생의 기품을 자아내던 자기들이 사라진 집은 예전과 다르게 휑했어. 그들이 있던 자리엔 희뿌연 먼지들이 끼리끼리 웅크리고 있었지. 사람이 살지 않는 집은 차가웠고, 어떤 온기도 느껴지지 않았어. 방 두 칸의 작고 고립된 집이라 갑자기 펑, 하고 사라진다 해도 누구도 관심 가지지 않을 법한 외로운 곳이었지.

어머니는 집으로 돌아왔다는 사실에 기뻐하는 것 같았어. 여기저기 손을 내밀어 직접 쓸어보고, 만져보고, 확인했어. 아버지와의 행복한 신혼살림, 애가 생기지 않아 이불 속에서 숨죽여 울던 외로운 밤들, 늦둥이인 나를 낳고 기뻐 어쩔 줄 몰랐던 그 환했던 나날들을 차례차례 확인하듯이. 말은 하지 않았지만 느낄 수 있었어. 이 집에 대한 애착과 지나간 세월에 대한 그리움, 회의 같은 것들을 말이야. 뿌듯해 보였지만 동시에 지쳐한다는 것 또한 알 수 있었지. 그만 멈춰드려야 한다는 걸 알았어. 모든 인간은 내 의지와 상관없이 주어진 생을 피곤해하니까.

오랜만에 집에 돌아온 어머니가 콧노래를 부르며 씻을 동안, 난 준비를 하기 시작했어. 집에 있는 모든 테이프들을 끌어 모았지. 가위와 라이터도 주머니에 넣었어. 공기가 들어올 만한 모든 틈을 테이프로 막았어. 부엌과 거실이 일체형이고, 옆에 방 하나가 딸린 작은 집이었기에 틈을 막는 건 그다지 어려운 일이 아니었지. 거실에 폭신한 이불을 깔고 베개 두 개를 나란히 놓았어. 초겨울이었지만 밤바람이 꽤 시렸기에 덮을 이불도 두툼한 걸 준비했어. 따뜻하게 돌아가고 싶었어. 따뜻한 이불 속에서, 따뜻한 꿈을 꾸며, 따뜻한 바람을 쐬며, 따뜻하게. 평생 춥게 살았던 우리지만, 마지막 만큼은 따뜻하게.

어머니는 머리에 비누거품을 잔뜩 묻힌 채 욕실을 나오셨어. 해맑게 웃는 모습이 어린애 같았어. 어유, 어머니. 머리를 하나도 안 헹구시면 어떡해요. 나도 환하게 웃으며 어머니를 다시 욕실로 데려갔어. 욕조를 향해 고개를 숙이게 하고 따뜻한 물로 머리를 헹궈드렸지. 어머니가 내 바지 자락을 움켜잡았어. 그 손아귀의 힘이 너무 세서, 예순을 목전에 둔 치매 걸린 노인의 힘이라기엔 너무나 억세서, 눈물이 났어.

행여 감기라도 드실까 어머니의 머리카락을 정성들여 말리고 깡마른 몸을 이부자리에 눕혔어. 불을 끄자 달빛이 들어와 어머니의 얼굴에 음영을 만들었지. 또랑또랑한 두 눈이 나를 쳐다보며 뭐가 그리 좋은지 싱글벙글 웃어댔어.

—나 깨끗하지.

네, 어머니. 어머니 너무 깨끗하세요. 어린 아기천사 같아요.

—뽀송뽀송해. 너 어제 널은 이빨 같아.

뻣뻣한 이불에 쭈글쭈글한 볼 살을 비비며 어머니가 말했어. 이빨이 아니라 빨래라는 걸, '너'가 아니라 '나'라는 걸 이젠 쉽게 알 수 있었지. 어머니의 육체에서 빠져나오는 단어들과 생각들을 모두 붙잡고 싶었지만 무식과 무지, 무능의 한계에 부딪힌 불효자는 결국 무릎 꿇어. 다가오는 시간과 세월의 돌풍 앞에서 더 이상 견디지 못하고 쓰러져.

—영순이 잠 와요. 코 잘래요.

어머니의 말을 듣는 순간, 그때 생애 처음으로 깨달았던 것 같아. 어머니의 이름은 어머니가 아닌 박영순이었다는 걸. 어머니는 한 평생 어머니로 사신 게 아니라는 거. 아버지를 잃은 어머니가 아닌 남편을 잃은 박영순, 나를 키운 어머니가 아닌 늦둥이 아들과 살아온 박영순, 치매에 걸린 어머니가 아닌 어릴 적으로 돌아가는 박영순이었다는 걸. 박영순, 박영순, 박영순. 어머니의 삶을 생각해. 젊은 나이에 과부가 되어 한 집안을 책임진 분이셔. 해가 뜨기도 전, 꼭두새벽에 일어나 밥을 안치고 나를 깨워 먹인 뒤 학교에 보내셨어. 저 아래 시내까지 걸어 내려가 기사식당에서 손발이 부르트도록 일을 하신 뒤 자정쯤 집으로 돌아와 인형 눈을 붙이거나 편지봉투를 만들었어. 어머니는 내게 늦게 나와 주어 고맙다고 하셨어. 네가 일찍 나왔으면 네 뒤로도 줄줄이 나왔을 텐데, 그럼 내가 그 입들에 어떻게 다 풀칠을 했겠냐. 봉투 입에 풀칠을 하면서 어머니는 늘 그렇게 말씀하셨지. 엄마가 좋아했기에, 나도 내가 늦둥이인 게 좋았어.

비참한 시간들이지. 고달픈 인생이었지. 도무지 행복하다곤 할 수 없는 인생 아닌 생존이었지. 어머니는 코를 골며 주무시기 시작했고, 눈알과 눈꺼풀 사이에 껴 있는 얇디얇은 어머니의 꿈이 파르르 떨렸어. 꿈속에서 어머니는 무얼 하고 있을까? 긴 하늘색 프릴치마를 입고 밀짚모자를 쓴 채 갈대밭 사이에 서 있는 건 아닐까. 선선한 바람에 긴 머리칼과 치맛자락을 맡기고, 나이가 멈춰버린 젊은 아버지를 향해 환하게 웃고 있는 건 아닐까.

어머니의 잠든 모습을 보니 나도 졸려왔어. 오랜만에 맛보는 평화와 고요, 안정감이었지. 7년간 도망 다닌 모자는 7년 만에 그것을 환영하기로 결심해. 우리를 쫓아 불어오던 검은 바람을 두 팔 벌려 안아주기로 결심해.

부엌에 갔어. 가위를 꺼내 도시가스 호스를 싹둑 잘라. 그 소리가 너무나 깔끔하고 경쾌해서, 우리의 생도 이렇게 호의적으로 잘리면 소원이 없겠다고 생각했어. 무색무취의 가스가 내는 희미한 빛과 코를 알싸하게 만드는 향기. 그 모순

속에서 취할 것 같았어.

어머니 옆에 누워 창밖의 보름달을 보고 있자니 잠이 확 깨더라. 마지막 달이겠구나, 싶어서 괜히 주의 깊게 보게 됐지. 아무리 봐도 방아 찧는 토끼 따위는 보이지 않았어. 왜 이제껏 의심 한 번 해본 적이 없었을까? 내가 보는 달에는 토끼가 없을 수도 있는데, 내가 보는 달에는 다른 동물이 살 수도 있는데. 마지막으로 보는 달이 보름달이라서 참 다행이라는 생각을 했어. 어떤 동물인지는 알 수 없었지만 적어도 토끼가 아니란 사실은 알았으니까.

눈앞을 가린 암흑 속에서 어머니의 손을 잡았어. 손은 차가웠지만 땀이 차서 미끈거렸지. 어머니는 잠결에 뒤척이며 내 손을 더 꼭 잡았어. 놓지 않으려는 듯이, 떠나지 말라는 듯이, 날 지켜주라는 듯이 내 쪽으로 몸을 웅크려 들어왔어. 어렸을 적, 시도 때도 없이 어머니의 품속으로 웅크려 들어오던 외아들을 어머니는 어떻게 해주었을지. 따사로이 감싸 안아주었을지, 아님 일어나라고, 어서 일어나라고, 안 그럼 죽는다고 어깨를 흔들어 깨웠을지.

순간 어머니를 깨울 뻔했어. 어서 이곳을 나가자고, 우리 죽지 말고 살자고, 좀 더 살아보자고 깨울 뻔했어. 그러자 마음이 다시 조급해졌어. 안 돼, 안 돼, 그럴 순 없어. 어떻게 만들어낸 고요인데, 평화인데.

희미한 가스 냄새가 코로 스며들어왔어. 마음이 바뀌기 전에 떠나야 한다고 생각했지. 어머니의 손에서 내 손을 슬며시 빼내고 라이터가 있는 주머니로 손을 넣었어. 그 순간, 어머니가 내 손목을 두 손으로 붙잡았어. 심장이 철렁, 내려앉았어.

—안 돼.

어머니가 눈을 떴어. 가스 때문인지, 잠에서 깨서 그런지, 아님, 잠 따윈 자고 있지 않았는지, 눈에서 금방이라도 눈물이 떨어질 것 같았어.

—안 돼, 안 돼. 난 살 거야. 살고 싶어. 죽을 때까지 살 거야.

난 할 말을 잃었어. 어머니는 왜 살고 싶은 걸까? 그토록 멍청해지면서, 그토록 늙어가면서, 그토록 추해지면서 왜 살고 싶은 걸까?

—난 살래. 살 거야. 살고 싶어. 안 죽어. 살아. 누가 영순이 좀 구해줘! 살려줘!

내 손목을 놓은 어머니가 문 쪽으로 기어갔어. 미닫이 문틈에 붙어 있는 청테이프는 억셌고, 손톱을 바짝 깎은 어머니는 그걸 뗄 수 없었어. 어머니가 울부짖었어. 문을 쾅쾅 두드리며 뭉그러진 손가락으로 문틈 사이를 긁어댔어. 난 멍하니 누워 있었어. 가스에 중독된 사람처럼 몸도 마음도 멍해졌어. 내가 지금껏 어떻게 살아왔는지, 지금 이 순간 어떻게 행동해야 하는지, 난 지금부터 어떻게 살아야 하는지, 한 인간의 인생을 천천히 점철해야 마땅한 질문들이 한데 모여 별똥별처럼 쏟아졌어.

의문스러웠어. 대체 왜지? 무엇에 미련을 가지고 이 지독한 삶을 살고자 하는 거지. 어머니의 인생에 그토록 미련이 남을 만한 게 있나. 저렇게 삶을 절실하게 할 만한 무언가가 아직 남아 있는가. 끊임없이 질문을 던졌어. 답은 돌아오지 않은 채 질문만이 내 속에서 끊임없이 메아리쳤어.

모든 비극은 상대성이론에서 시작해서 백숙으로 끝났다고 생각했어. 하지만 진정한 비극은 지금부터 시작이더군. 상대성이론은 발단에 불과했고, 백숙은 위기일 뿐이었어. 어머니의 악에 받친 울음은 절정에 달했고, 난 앞으로 견뎌야 할 결말이 두려웠어. 팔로 두 눈을 꼭 누르자 별똥별이 쏟아졌어. 이 별똥별들이 답을 알려주길. 내가 지금 이 순간 어떻게 해야 하는지, 지금부터 어떻게 살아야 하는지. 무지한 내게 친절히 가르쳐주길.

어머니가 내 어깨를 흔들었어.

—나 살려줘. 나 할 거 많아. 나 내일 아침도 해야 되고, 빨래도 해야 돼. 할 거 많아. 나 살려줘. 살고 싶어.

아침과 빨래에 미련이 남은 어머니는 살고 싶어 하신다. 끝을 모르고 달리는 열차에 탄 어머니는 노화와 치매, 죽음이라는 이정표의 글씨를 읽지 못하신다. 까막눈 어머니와 열차에 탄 자식은, 어서 뛰어 내려야 한다. 자식 된 도리를 다 해야 한다.

—안 돼, 안 돼. 싫어. 싫단 말이야. 싫어.

어머니는 나를 넘어 다시 문 쪽으로 다가갔어. 보이진 않았지만 테이프를 이로 물어뜯는 것 같았어. 저런 꺾이지 않는 의지와 악착같은 생존력은 어디서 나오는 것일까. 어머니를 이제껏 살아 있게 만든 힘의 근원이 아니었을까.

힘겨워하는 어머니의 신음소리가 내 귀를 파고들어. 여전히 난 멍해. 온 몸에 힘이 빠져서 움직일 수가 없었어. 그때 삐꺽거리며 녹슨 미닫이문이 열렸어. 어머니가 드디어 해냈구나. 어머니는 살아야 하는 사람이구나. 살아야 하는 사람을 죽이려 했으니 나야말로 죽어야 할 사람이 되었구나. 어머니가 멀리 도망가면 라이터를 켜리라 생각해. 커다란 울음

소리가 들려와. 어머니가 나 때문에 울어. 한 번도 어머니를 울린 적 없던 나였는데, 이렇게 내가 어머니의 가슴에 커다란 대못을 박아. 살고 싶어 하셨다니, 왜죠? 난 마지막까지 내게 물었어. 그리고 어쩌면, 이 질문에 답을 하는 과정이 사는 게 아닌가 하는 굉장히 멀쩡한 생각을 잠깐 했어. 누군가 나를 흔드는 것 같았어. 하지만 난 아무것도 할 수 없었지. 소리들이 저 멀리 달아나고, 냄새도, 불빛도, 감각도 희미해져가. 의식이 흐려지고 쏟아지던 별똥별이 서서히 자취를 감출 때쯤, 눈 속 가득 차 있던 눈물이 장력을 이기지 못하고 떨어져. 볼을 타고 흐르는 미적지근한 액체의 자취를 느끼며 난 생각해. 씨발. 씨발. 씨발.

난 내가 생각한 마지막 단어가 '씨발'이 되리라고 생각했어, 씨발. 하지만 그런 폼 나는 인생은 서부영화에나 나오는 법이지.

난 아직, 내가 생각할 마지막 단어가 뭔지 몰라.

그 단어를 고도, 너와 바꿨고 그래서 내가 생각할 마지막 단어는 고도였음 좋겠어.

고도를 위하여, 고도를 위하여 말이야.

6
각자의 방법과 각자의 길, 각자의 정박장

지하철이 멈춘다. 앞차와의 배차간격을 위해 잠시 정차하겠다는 안내방송이 흘러나온다. 열차 속 빽빽이 들어찬 사람들이 일제히 불평을 한다. 데일 듯 뜨겁던 더위가 꺾이고 미적지근한 바람이 부는 9월이다. 난 숄더백을 어깨 끝에 가까스로 걸친 채 양복쟁이들 사이에 껴 있다. 다양한 사람들의 다양한 채취가 손가락 하나 까딱할 수 없는 좁은 공간을 가득 메우고 있다. 엉덩이와 가슴이 검은 양복에 얼핏얼핏 닿는 느낌이 끔찍했다. 최대한 몸을 뻣뻣하게 세우고 숨을 참는다. 잠시 후 덜거덕거리며 헛기침을 한 열차는 언제 멈췄냐는 듯 태연히 다시 출발했다.

콩나물시루를 넣은 찜통 같은 지하철에서 내린 뒤 10분 정도 걸었다. 출근길은 험난하고도 지겨웠으며 길고도 짧았다. 이 미지근하고 걸쭉한 공기 속에서 벗어나 어서 빨리 에어컨 밑으로 들어가길 바라는 마음이 걸음을 빨리하게 했지만, 일찍 오는 남자직원들 사이에서 시시한 성적 농담이나 들어줄 생각을 하니 한없이 게을러졌다. 오른편엔 높은 빌딩들이 나를 굽어보고, 왼편엔 낮은 한강이 소리 없이 흐르고 있었다. 이른 아침이라 운동을 하는 사람들이 많았다. 그들이 가벼운 차림으로 운동화를 신고 뛸 때, 난 검정 구두에 검정 치마, 검정 가디건을 입고 땀을 뻘뻘 흘리며 걷고 있었다. 등골을 타고 흐르는 땀의 느낌이 소름끼치게 선명했다. 구두굽이 아스팔트와 부딪히며 또각또각 소리를 냈다. 문득 흥겨워졌다. 그래, 난 신여성이다. 이른 아침, 검정 구두에 검정 치마, 검정 가디건을 입고 한강변을 걸으며 출근하는 신여성. 어깨와 등을 펴고 구두에 한껏 힘을 주며 걸었다. 지금 이 순간만큼은 이 도시가, 거리가, 빌딩이 모두 내 편인 것 같아 우쭐해졌다.

조깅하는 아줌마들이 수다를 떨며 지나가고, 자전거를 타는 아저씨들은 빠른 속도로 발을 굴렀다. 여의도한강공원이 보이기 시작했다. 빨간 띠를 머리에 멘 사람들이 잔디광

장에 한가득 모여 있었다. 또 무슨 시위라도 하는 건지 커다란 마이크 소리가 땅을 방방 울렸다. 덩달아 그 말소리도 울려서 무슨 말인지 도통 알아들을 수가 없었다. 마포대교 바로 옆에 진을 치고 있는 시위대를 마주치기 싫어 도로로 이어지는 계단을 올라왔다. 최대한 멀리 떨어질 작정이었다. 하지만 그들은 도로에도 포진해 있었다. 빨간 빛을 내는 가로등처럼, 빨간 천을 매단 가로수처럼 커다란 피켓을 들고 띄엄띄엄 서 있었다. 지나가는 사람들은 벽에 붙박여 있는 벽화 구경하듯 피켓을 대충 훑어보고 바쁜 출근길을 재촉했다. 난 가방끈을 꽉 붙잡고 땅을 보며 걸었다. 반짝이는 구두코에 묻은 하얀 얼룩 한 점이 눈에 띄었다. 당장 길을 멈춰 손톱으로 긁어내고 싶었지만 참고 계속 걸었다. 그때 익숙한 목소리가 들려왔다.

—삼성은 직업병 책임을 인정하라!

—인정하라, 인정하라!

한 사람이 긴 구호를 외치면 도로에 늘어선 사람들이 다 같이 끝말을 반복했다.

—안전하고 인간적인 일터를 제공하라!

—제공하라, 제공하라!

작은아버지였다. 나도 목소리를 향해, 목소리도 나를 향해 서로 다가오고 있었다. 내가 가는 길에 작은아버지가 서 있다는 사실이 이상했다. 나와는 늘 다른 길을 걸어 온 사람이었다. 길을 건너버릴까 싶었지만, 도망치는 모습을 보이긴 싫었다. 목소리는 점점 가까워지고 있었다.

—반도체 백혈병 피해자의 산재를 인정하라!

—인정하라, 인정하라!

작은아버지 앞에 섰다. 모른 체 지나갈 수 없었고 이상하게도 그의 앞에서 발이 떨어지지가 않았다. 고개를 천천히 들어 그의 두 눈을 바라봤다. 작은아버지는 멀리서 걸어오던 검은 형체가 나인 줄 이미 알고 있었다는 표정이었다.

—고개 좀 들고 걸어라.

—아직도, 하고 계시네요.

—아직 멀었으니까 아직도 하는 게야.

가방끈을 꼭 부여잡은 난 작은아버지가 너무나 멀게 느껴졌다. 빨간 띠를 머리에 두르고 커다란 피켓을 목에 건 채 소리치는 작은아버지는, 알바가 끝난 뒤 돌아서는 날 뒤에서 애타게 부르는 시티 홀의 입간판 같았다. 그렇게 그 자리에 오랫동안 서서 나를 찾고 기다리고 부를 것 같은 사람이었다.

—어디 가냐.

전번에 만났을 때와 똑같은 물음이었다. 작은아버지는 변치 않았다. 늘 같은 위치에 서서 같은 표정으로 같은 목소리를 냈다. 미련한 사람이었다.

—출근해요.

—이제 알바가 아니라 다행이구나. 어디 취직했냐.

—작은아버지 뒤 건물이요.

작은아버지가 몸을 돌려 도로 건너편을 바라봤다. 주변 건물들보다 훨씬 높고 반짝이는 빌딩이 우리를 내려다보고 있었다. 1층과 2층에는 식당과 편의점, 카페가, 3층부터 6층에는 병원, 7층엔 증권 회사, 8층과 9층엔 제약회사, 그리고 10층과 11층엔 서비스콜센터가 자리 잡고 있었다. 12층엔 정체 모를 해독 연구소가 간판도 없이 영업 중이었다.

—음, 회사냐, 병원이냐.

—회사도 병원도 아니에요.

내 대답에 작은아버지는 다시 내 쪽을 바라봤다. 알 수 없는 희열이 가슴 속에서 불꽃놀이 하듯 터져 나왔다. 통쾌하고 시원했다. 작은아버지가 변화하지 못하고 정체된 사람이었다면 난 늘 새로워지고 발전하는 사람이었다. 그 사실을 일깨워주고 싶었다. 그럼 내가 나를 이해할 수 있을 것 같았다.

— 전화 받는 일이냐.

차분한 눈빛이 차분한 목소리로 물었다.

— 네, 재밌어요.

— 다행이구나, 이번엔 재미있어서.

잠시 정적이 흘렀다. 작은아버지는 더 이상 날 쳐다보지 못하고 허공을 바라볼 뿐이었다. 다른 분이 구호를 메기기 시작했다. 노동자 죽이는 무노조경영, 철폐하라! 철폐하라, 철폐하라. 받는 소리가 우리 사이의 침묵을 흩트려놓았다.

— 가봐라, 늦겠다.

— 아버지는 제가 어떻게 살길 바랄까요?

작은아버지가 날 빤히 쳐다봤다. 그 속에 아버지의 모습이 있었다. 살아계셨다면 이 정도의 주름살과 이 정도의 머리칼, 이 정도의 연륜을 지닌 얼굴로 날 사랑해주셨겠지. 사진 속, 원숭이가 우산을 잡아챌 때의, 그때의 웃음소리는 여전하실까. 호탕하게, 하하하하.

— 서운하시겠죠? 돈 받으려고 계약서에 도장 딱 찍고 모른 척, 잘 살고 있는 우리가 밉겠죠?

— 무슨 말을 그렇게 하냐. 형님은 그렇게 생각 안 하신다.

— 전요, 작은아버지. 잘 모르겠어요. 세상엔 착한 사람과 옳은 사람이 있다지만, 전 둘 중 어느 것도 아닌 것 같아요.

아버지가 실망하시더라도 그냥 평생 이렇게 살래요. 비굴하게, 엎드려서, 조아리며.

꾸벅, 인사를 하고 길을 건넜다. 시계를 보니 동료들이 거의 와 있을 시간이었다. 엘리베이터에 몸을 넣은 뒤, 구두코에 묻어 있던 얼룩을 손톱으로 긁어냈다. 뿌연 자국이 흐릿하게 남았다. 엘리베이터 문이 닫힐 때까지도 노동자들은 계속해서 소리쳤다. 진실을 은폐하고 책임을 회피하는 삼성 자본을 규탄한다! 규탄한다, 규탄한다!

아버지는 내가 12살 때, 중증 재생불량성 빈혈로 돌아가셨다.

난 그게 뭔지 감도 잡을 수 없었다. 아버지는 항상 아팠고, 어머니는 항상 슬펐다. 단지 그뿐이었다. 세 살 터울인 나와 동생은 외할머니 손에서 자랐다. 아무도 우리에게 아버지가 왜 아픈지, 어머니가 왜 슬픈지 알려주지 않았다. 텔레비전의 작은 불빛만 깜빡이는 어두운 방에서 우리 남매는 이불을 빼앗으며 놀았다. 싫어, 내가 더 많이 덮을 거야. 왜? 내가 누나잖아. 누나면 다야? 겨울은 물론 여름에도 춥던 나날이었다. 그래서 우린 늘 이불을 빼앗으며 놀았다. 채널을 돌리는 꼭지가 고장 난 구식 텔레비전은 알 수 없는 뉴스를, 드라마를, 영화를 끊임없이 토해냈고 우린 그 속에서 세상을 배워나갔다. 이불을 둘러쓰고 오들오들 떨며 약육강식, 우승열패의 세계를 받아들였다.

아버지는 갑자기 돌아가셨다. 어머니에겐 9년간의 애타는 간병과 슬픔, 고생이었을지 모르지만, 적어도 나와 내 동생에겐 '갑자기'였다. 어두운 방을 나오는 순간 아버지가 돌아가셨다, 아니, 아버지가 돌아가시는 순간 우린 그 방을 나올 수 있었다. 갑자기, 말이다.

아버지의 죽음에 가장 분노한 건 9년이라는 긴 세월 동안 간병에 지친 어머니도, 아버지와의 기억이 거의 없는 우리 남매도 아니었다. 아버지의 유일한 형제인 작은아버지였다. 장례식에서 만난 작은아버지는 우리의 손을 붙들고 한참을 울었다. 눈물과 헛웃음, 욕과 비웃음이 섞인 오열을 쏟아냈다. 그리곤 어름어름 기억을 더듬었다.

공고를 졸업하고 꿈에 그리던 직장, 삼성에 입사한 어머니와 아버지, 작은아버지는 절친한 친구 사이였다. 반도체 공장에서 하루 내내 같은 약품으로 같은 작업을 하면서 눈이 따갑고 허리가 아팠지만 그들은 함께였기에 고된 시간을 견딜 수 있었다. 어머니와 아버지는 공장에서 눈이 맞았고,

비록 공순이와 공돌이였지만 그동안 모아놓은 적금을 깨 결혼까지 감행했다. 행복은 불행의 복선이라 했나. 아버지는 입사 후 7년, 결혼 후 3년 만에 재생불량성 빈혈이란 진단을 받는다. 죽을병은 아니라고 생각했다. 아버지는 공장에 들어올 때 받은 신체검사에서 당당히 1급을 받은 건강한 몸이었으며 빈혈에 대한 유전 경력도 없었다. 하지만 아버지는 죽을 만큼 아파했고, 아주 작은 충격에도 시도 때도 없이 코피를 흘렸다. 도대체 왜 이런 재앙이 당신에게만 온 것인지 아버지는 알 수 없었다.

곧 아버지는 이 재앙이 아버지만의 것이 아니란 걸 알게 된다. 속속들이 등장하는 백혈병 피해자들. 새파랗게 젊은 나이에 못 다 이룬 꿈을 안고 떠나간 어린 소녀들. 남편이나 아내, 혹은 자식을 잃은 유족들의 오열과 분노. 아버지는 이들을 접하게 된다. 그리고 당신의 병이 오직 당신의 불찰, 잘못, 운명으로 인한 게 아니라는 것을 직감한다. 산업재해보상을 신청하지만 받아들여지지 않는다. 수많은 직원들이 자기네 회사에서 백혈병과 재생불량성 빈혈 같은 생전 들어보지도 못한 병을 가지고 나가는데, 개인의 건강문제일 뿐이라고 말한다. 거들떠도 보지 않는다. 사람들은 피켓을 들기 시작했다.

삼성 반도체 백혈병 피해자의 산재를 인정하라!

인정하라, 인정하라!

아버지는 그 목소리를 들으며 생을 마감하셨다. 인정하라, 인정하라. 인정만 해서 해결되는 일인지는 잘 모르겠지만, 아버지가 떠나고 남은 우리 가족에게 인정 따위는 전혀 중요치 않았다. 병원비 때문에 생긴 엄청난 빚과 막막한 앞길은 인정 차원의 문제가 아니었다. 아버지가 죽고 회사 측에서 사람이 왔을 때, 각서와 어마어마한 돈 꾸러미를 내밀며 고인의 죽음에 대해 함구해주셨으면 좋겠다는 말을 들었을 때, 우린 그러기로 했다. 너무나 쉽게 서명을 하는 엄마의 손을 바라보며, 12살의 나는 그녀를 말리지 못했다. 아니, 사실, 말려야 할 이유도 없었다. 채널을 돌리는 꼭지가 고장 난 구식 텔레비전이 알려준 현실은 약육강식, 겨우 이 네 글자였으니까. 그게 이 사회의 정의이고, 가난과 부의 의미였으며, 장과 졸의 차이였으니까.

작은아버지는 사실을 알고 노발대발하셨다. 말도 안 되는 일이라며 온 집안을 뒤져 각서를 찾아 불태울 기세였다. 어머니는 멍하니 그를 바라볼 뿐이었다. 될 대로 되라는 듯이, 상관없다는 듯이. 아버지의 한? 그런 게 대체 뭐가 중요하냐는 듯이. 이렇게 하지 않으면 우리 가족 모두가 굶어 죽게 생겼는데 대체 돈보다 중요한 게 어디 있냐는 듯. 당신은 어쩜 그리도 미련하냐는 듯 작은아버지를 측은하게 쳐다볼 뿐이었다.

결국 작은아버지는 '이해, 해볼게.'라는 쪽지 한 장을 남기고 반도체 공장 노동자들의 인권을 지키는 단체에 들어가셨다. 아버지의 영정사진을 들고 서 있는 작은아버지의 모습이 뉴스나 신문을 통해 보도될 때면, 난 이상한 기분이 들었다. 나나 동생, 어머니가 들고 있어야 할 사진이었다. 저 사진을 돈 몇 푼과 바꿔버린 건가 하는 자괴감도 조금씩 마음을 비집고 들어왔다. 하지만 그럴 때마다 마음을 다잡았다. '돈 몇 푼'이 아니라고, 나와 엄마와 동생의 '생존'이라고 나 자신을 위로했다. 합리화했다.

자리에 앉아 헤드폰을 꼈다. 서늘한 에어컨 바람이 이마에 맺힌 땀을 식혀주었다. 푹신한 의자는 너무나 편안해 눈물이 날 지경이었다. 책상 위에 아이스 아메리카노가 놓여 있었다. 누구의 성의인지 생각할 겨를도 없이 벌컥벌컥 들이켰다. 씁쓸하면서도 향기로운 커피향이 온 몸을 감쌌다. 후우, 숨을 내쉬자 내 몸 어딘가에 강하게 응축되어 있던 독소가 빠져나가는 느낌이 들었다. 기뻤다. 에어컨 빵빵한 사무실과 이토록 편안한 의자, 컵에 물방울이 송글송글 맺힌 아이스 아메리카노까지 모든 게 좋았다.

너무 좋아서, 난 그냥 이렇게 타협하며 살기로 한다. 비굴하게, 엎드려서, 조아리며. 강자가 주는 단물을 빨아먹고, 강자가 흘리는 똥을 치우며, 강자의 지시대로 노를 저을 생각이다. 어엿차, 어엿차. 어딘가엔 도착하겠지. 그곳이 아버지가 원한 방향이 아니더라도, 작은아버지와는 다른 길이더라도, 우리에겐 각자의 방법과 각자의 길, 각자의 정박장이 있기 마련이다. 모든 사람이 올바르고 정의로울 필요는 없다고 생각했다. 그리고 결정적으로, 세상에 올바르고 정의로운 무언가가 진정 존재하는지 의문스러웠다.

일이 끝나고 시티 홀에 갔다. 다리가 후들거리고 손발이 저릴 만큼 힘들었지만 궁금해서 견딜 수가 없었다. 마음 같아선 매일 들러 확인하고 싶었지만, 조급해하는 모습을 보이는 건 좋지 않은 것 같아 일주일이나 기다려왔던 것이다.

지난주 금요일, 검정 구두와 검정 치마, 검정 가디건을 입고 대략 3개월 만에 시티 홀에 모습을 드러낸 나를 사람들은 무척이나 반겨주었다. 여자는 늘 그 차림 그 표정 그대로 내 손을 잡아주었고, 남자는 더욱 듬직한 자세로 우뚝 서 있었으며 아주머니는 괴성을 지르며 날 껴안았다. 오랜 친구를 만난 듯, 보고 싶었던 가족을 만난 듯 그들은 나를 환영해주었다. 감동스러웠지만 미안했고, 미안했지만 어쩔 수 없었다.

부패한 음식물 쓰레기, 담배와 술, 토사물 냄새를 견디며 먹자골목을 걸었다. 화려한 조명과 시끄러운 음악에 둘러싸인 금요일 밤의 거리는 어지러웠다. 더럽고 불결했지만 대신 꾸밈없이 솔직했다. 먹은 것을 말끔하게 토해냈고, 불행하고 불운한 인생에 대해 끊임없이 실토했다. 진실이 무엇이고 거짓이 무엇인지 구별할 수는 없었지만, 또한 그 구별이 지겹게 무의미하긴 했지만 어쨌든 사람들은 직장에서보다, 학교에서보다, 집에서보다 거리에서 더 많은 걸 내보였다.

설렁탕집과 고깃집, 도넛 가게를 지나 세븐일레븐에서 좌회전했다. 찜질방과 화려한 불빛을 밝힌 모텔촌이 검은 입을 커다랗게 벌리고 있었다. 편의점에는 새로운 알바생이 비스듬히 서서 카카오톡을 하고 있었고 그 모습을 힐끗 본 뒤 시티 홀로 향했다. '시티 홀로 오세요. 베이글 + 커피가 천 원!'이라고 말하는 입간판은 비가 오나 눈이 오나 그 자리, 그 높이에 서 있었다. 작은 불빛이 비추는 좁은 계단을 올랐다. 또각거리는 구두 소리가 작은 공간을 울리며 유난히 크게 들렸다.

불투명한 시트지로 절반 정도 감싸인 유리문 앞에서 그 속의 사람들을 생각한다. 밝은 형광등 불빛에 감싸인 여자와 남자, 아주머니. 그들의 삶과 그들의 방향과 그들의 정박장은 어떤 곳일까. 그 속의 연금복권을 생각한다. 연금복권의 삶과 연금복권의 방향과 연금복권의 정박장은 어떤 곳일까. 체중을 실어 유리문을 밀었다.

원탁 뒤편에 쪼그려 앉아 있는 남자의 모습이 보였다. 문이 열리는 소리와 함께 깜짝 놀라며 벌떡 일어난 그는 나를 보더니 순식간에 표정이 굳었다. 묘한 기류가 흘렀다.

—뭐해요?

또각또각, 대리석 바닥에 구두소리를 내며 원탁으로 다가갔다. 입 꼬리를 살짝 올리고 고개를 조금 기운 채 자신있게 걷는 내 모습이 보이진 않아도 아름다웠다. 매력 있었다. 움츠린 상대 앞에서 더욱 커지는 것이 인간이었다. 인간이 그렇게 비열했다.

—왔어?

남자는 갈라진 목소리로 딴소리를 했다. 시티 홀에 들어선 첫날, 그토록 매혹적이던 품위와 무게, 진중함은 어디로 갔는지. 지금 내 앞엔 커다란 비커 안에서 꼬리를 잡힐까 벌벌 떠는 하얀 쥐새끼 한 마리가 있을 뿐이었다. 실망스러웠다.

—갖고 싶죠?

—무슨 소리야?

—갖고 싶으면 가져요. 그러라고 놔둔 거잖아요.

내가 씩 웃으며 원탁 위에 두 손을 얹었다. 맞은편의 그는 입술을 깨물며 한참 동안 날 바라봤다. 불편한 침묵이 시티 홀을 휘감았다.

—마음대로 생각해. 난 그런 사람 아니니까.

낮은 목소리로 속삭인 그는 방으로 들어가버렸다. 문이 닫히는 소리가 유난히 크게 들렸다. 난 실소를 터뜨리며 '그런 사람'이라는 단어를 반복했다. 웃기고 앉아 있네. 그런 사람? 그런 사람이 어딨고, 안 그런 사람이 어딨어. 엿이나 먹으라지.

그가 쪼그려 앉아 있던 서랍 쪽 의자에 앉았다. 홀엔 아무도 없었지만 하얗고 하얀 벽을 가득 메운 가지각색의 약병들이 나를 감시하는 것 같았다. 원탁엔 의자 4개가 일정한 간격으로 놓여 있었고 각 의자 앞엔 3층짜리 간이 서랍

이 있었다. 가운데 서랍을 열었다. 복권은 내가 넣어둔 그 모습 그대로 있었다.

지난 주 금요일, 지하철역까지 사장이 태워준 날, 난 집으로 직행하지 않았다. 고통도 콩 한 쪽처럼, 고통도 콩 한 쪽처럼. 이 말을 주문처럼 되뇌며 세 달여 만에 시티 홀에 모습을 드러냈다. 홀에 아무도 없을 때를 틈 타 '내가 사랑하는 사람들과 고통도 콩 한 쪽처럼'이라고 마지막으로 되뇌며 복권을 서랍에 고이 넣어두었다. 그러곤 조커를 끌어다 딱 두 문장을 휘갈겨 썼다.

창가 쪽 서랍 가운데 칸에 1등에 당첨된 연금복권이 있어.

누구든 가져가, 부디.

재빨리 시티 홀을 나왔다. 가장 먼저 조커를 읽게 될 사람은 누구이며, 가장 먼저 서랍을 열어볼 사람은 누구인가. 가장 먼저 47회 연금복권 1등 당첨번호를 검색해볼 사람은 누구이며, 가장 먼저 복권을 주머니에 쑤셔 박고 이곳을 떠날 사람은 누구인가. 복권이 내 지갑에 있을 때는 미치도록 불안했는데, 내 손을 떠나니 너무나 재미난 게임이 되어 있었다. 흥미진진함의 연속이었다. 먹을 것을 콩 한 쪽처럼 나누면 아까웠지만, 고통을 콩 한 쪽처럼 나누니 하루 내내 먹지 않아도 배불렀다. 이런 게 나눔의 기쁨이구나. 난 일 주일째 멀쩡히 버티고 있는 복권의 모습을 눈으로 확인한 뒤 미련 없이 시티 홀을 나왔다. 새로운 편의점 알바생은 삼각 김밥을 먹으며 여전히 카카오톡을 하고 있었다. 그녀의 뒤통수를 보며 짧게 기도한 뒤 집으로 향했다. 왠지 모를 슬픈 마음이 순간 가슴을 치고 지나갔다.

조커

그럼에도 불구하고 고도는 피터에게

그래, 이상한 집이었어. 순식간에 닥쳐온 어둠 속에서 뭔가 꿈틀거리는 게 느껴졌지. 차가운 빙판 위에 떨어진 개미 한 마리. 시린 발을 애써 무시하며 이 난국을 헤쳐 나가려는 몸부림. 광활한 겨울바다에 떨어진 끓는 물 한 방울. 전체에 아무런 영향도 미치지 못하지만, 그렇기에 더욱 처절한 생명의 온기. 그 집에서 그런 슬픔이 느껴졌단 말이야. 어느 누구도 관심 갖지 않을 외딴 곳, 외딴 산 중턱에 덩그러니 놓여 있는 작은 집이었어.

무시하고 지나갈 수 없었지. 난 내 직감을 믿었거든. 아버지가 가족력으로 세상을 떠날 거란 어머니의 직감이 적중했듯, 그 어머니의 그 딸인 내 직감도 믿을 만한 것이었으니까. 암이 가족력이듯, 직감도 유전되는 법이지. 난 일말의 고민도 없이 미닫이문을 열었어. 아니, 열려고 했어. 그런데 문은 꼼짝도 안했지. 잠긴 걸까? 아니야, 문은 걸쇠로 잠긴 게 아니라 열리지 않겠다며 버티고 있었어. 그건 큰 차이지. 마치 누군가 강력 본드로 문틈 사이를 붙여놓은 것 같았어. 반투명한 유리문에 얼굴을 바짝 대고 안을 살피려 했지만 어두워서 잘 보이지 않았지. 그때 처절한 목소리가 문틈을 비집고 나왔어.

—안 돼, 안 돼. 난 살 거야. 살고 싶어. 죽을 때까지 살 거야.

어른이 내는 아이의 목소리였어. 목소리는 늙었지만 말의 길이, 쉼, 높낮이는 아이 같았지. 앙탈 같기도 하고 또 한편으론 울음 같기도 한 이상한 절규였어.

—난 살래. 살 거야. 살고 싶어. 안 죽어. 살아. 누가 영순이 좀 구해줘! 살려줘!

무슨 상황일까. 이게 대체 무슨 상황일까. 등줄기에 소름이 쫙 끼치면서 두려워졌어. 문을 열어야 하는데 팔에 힘이 들어가지 않았어. 손에 진득한 땀이 차면서 자꾸만 미끄러졌어. 미치겠는 거야. 열어야 하는데, 열어야 영순이란 사람을 구할 수 있는데, 마음으론 열리지 않기를 바라고 있었는지도 모르겠어. 그냥 너무 두려웠는지도, 아직 내겐 그만한 용기가 없었는지도.

여자는 울부짖기 시작했어. 문을 두드리는 건지 유리문이 쾅쾅 흔들렸지. 여자의 희고 작은 주먹이 반투명한 문에 달라붙었다, 떼어졌다, 달라붙었다, 떼어졌다 했어. 잠시 멈칫한 난 더욱 조급해졌어. 문을 열어보려 애썼지만 아주 조금 흔들릴 뿐 꿈쩍도 안했어. 온몸에 식은땀이 흘렀지. 사람이 이토록 애원하고 울부짖는 소리를 들으니 잠시 마음에 자리했던 두려움과 나약함 따위는 저 멀리 도망가고 없었어. 이 상황만이 존재하더군. 도무지 안 열리니까 눈물이 나고, 콧물이 났어. 콧물은 추워서 그랬는지도.

나도 소리를 질렀어. 힘을 더 내기 위한 기합이었을까, 이 따위 문도 못 여는 나 자신에 대한 비난이었을까. 씨발! 울부짖었어. 문 뒤 여자는 포기했는지 죽어버렸는지 잠잠했어. 너무나 두려웠지. 씨발, 씨발거리면서 결국 문을 열었는데 여자가 죽어 있으면 어떡하나. 뜨거운 땀으로 목욕한 내가 차가운 시체를 마주하면 그 순간 어떻게 행동해야 하나.

난 마지막으로 죽을힘을 다해 문을 끌어당겼어. 녹슨 쇠로 된 문틀이 비명을 지르며 미끄러졌어. 문이 열린 거야. 갑작스레 열린 탓에 엉덩방아를 찧으며 넘어졌어. 그 순간 방 안에서 터져 나오던 울음. 세상에 갓 태어난 아기가 엉덩이를 몇 번 맞았을 때 내는 그런 울음이 문을 열자 터져 나왔어. 엄마가 된 심정이더라. 이건 마치, 아무리 때려도 울지 않던 아이가 결국 목청을 터뜨리는 모습을 보는 엄마의 안도감이더라.

재빨리 방 안으로 들어갔어. 50대로 보이는 아주머니가 엉엉 울며 내 바지 자락을 붙잡았어. 눈물과 콧물로 범벅된 아주머니의 새빨간 얼굴은 늙은 신생아라 해도 과언이 아니었지. 방안을 대강 둘러봤어. 현관문과 안방 문, 창문의 틈이 죄다 청테이프로 막아져 있었어. 거실이라 하기에도 무색한 좁은 공간에 바로 연결된 부엌, 그리고 허리가 싹뚝 잘린 도시가스 고무호스가 눈에 띄었어. 도시가스는 연탄가스와는 달리 중독될 순 있어도 쉽게 죽지는 않아. 안도의 한숨을 내쉬는 순간 어둠속에서 전등을 켜려는 아주머니의 모습이 어렴풋이 보이더군.

—안 돼요!

아주머니의 허리를 붙잡고 쓰러졌어. 그 순간을 생각하면 아직도 등골이 서늘해. 혹시라도, 정말 혹시라도 구식 전등에 스파크가 일었다면 어떻게 됐을까. 아마 커다란 불기둥과 함께 우리 모두 날아갔겠지. '도시가스 폭발로 인한 일가족 3명 사망'이라는 제목이 신문 사회면을 장식하고, 청테이프 조각들을 발견한 경찰들은 가족 동반자살로 사건을 정리할

테지. 어쩌면, 아주 어쩌면, 갑자기 나타난 정체 모를 20대 여성에 대한 궁금증으로 내 신원조사를 할 수도 있고, 내가 누군지 밝혀지면 엄마나 아빠한테 부고가 갈 수도 있겠다 싶더라. 아주머니의 허리를 붙잡고 바닥에 쓰러진 난, 어처구니없게도 그 순간 나의 부모를 생각했어. 2년 동안 단 한 번도 그리워해본 적이 없었던 그 부모 말이야.

불을 켜면 안 된다고 아주머니에게 단단히 이르며 방을 다시 한 번 살폈어. 그때 발밑에 뭔가 걸리는 게 느껴졌어. 물컹한 사람 같은 게. 한 쪽 팔로 눈을 가리고 있어서 얼굴은 알 수 없었지만 깨워야 했어. 다행히 맥박은 뛰고 있었지. 죽은 건 아닐 거야. 어깨를 흔들었지만 일어날 기미가 안 보였어. 저기요, 저기요. 안 죽었잖아요, 일어나요. 팔을 흔들고 뺨을 가볍게 때려봤지만 미동도 없었지. 뭐지, 왜 일어나질 않지. 순간 무서워졌어. 크게 입을 벌린 현관문에선 차가운 밤바람이 들어와 방 안을 서성였고 밝은 달빛이 남자의 얼굴을 비췄지. 그때 남자의 볼을 타고 흐르는 눈물이 반짝였어. 달빛에 얼굴을 들킨 눈물방울은 쑥스러운 듯 머리 밑으로 재빨리 사라졌지.

그 눈물을 보다가, 빤히 노려보다가 나도 울었어. 나도 살아 있는데, 당신이 왜 죽어. 나도 이렇게 행복하게 살아 있는데 멀쩡한 당신이 왜 죽으려 하는 거냐고.

부엌에서 찬물을 떠다 남자에게 끼얹었어. 남자는 켁켁거리며 일어났지. 남자, 그래 피터, 당신이었어. 난 그렇게 당신의 얼굴을 처음 봤어. 물에 흠뻑 젖은 채 새빨갛게 충혈된 눈으로 날 바라보더군. 그 눈빛에 어린 슬픔은 원망이었을까 감사였을까. 당신은 늘 감사였다고 말하지만 난 원망이라 읽었어. 당신은 분명 날 원망하고 있었어. 따뜻한 이불 속에서 따뜻하게 떠나고 싶었는데 느닷없는 찬물 세례라니, 너는 뭐하는 년이냐, 왜 날 가만두지 않은 것이냐, 하는 원망의 눈빛이었어.

— 그러게 일어나라고 할 때 일어나야지.

내가 중얼거렸어. 방 곳곳에 붙은 청테이프를 북북 뜯으며 문을 열어 환기를 시켰어. 바람이 차서 쫄딱 젖은 당신이 감기라도 걸릴까 걱정됐지만 어쩔 수 없었지. 죽음에 비하면 그깟 감기란 참 시원찮은 병이니까 말이야.

아주머니는 욕실에서 수건을 몽땅 가져와 당신의 몸을 덮었어. 앉아 있는 당신의 머리 위에 수건을 쏟았다 해야 옳은 표현일까? 당신은 수건으로 몸을 닦았고, 몸보다도 얼굴을 더 오래 닦았어. 수건에 얼굴을 묻고 오래 오래 앉아 있었어. 찬바람이 방 안에 어질러진 가스를 쓸어가고, 보름달이 머리 위에서 우릴 굽어볼 무렵에야 당신은 수건 속에서 얼굴을 들었어. 나와 아주머닌 벽에 기대 앉아 있었지. 아주머니는 내 손을 꼭 붙잡곤, '우리 아들, 우리 아들'이라며 속삭이고 있었어. '아이고, 아주머닌 참 속도 좋으셔. 저런 못된 아들이 뭐가 좋다고.'라고 쏘아붙이고 싶었지만 가만있었지.

그렇게 우린 함께 살게 돼. 그 집에서 새로 할 일은 도시가스 호스를 갈아 끼우는 것밖에 없었어. 그냥 살면 되는 거였어. 그건 정말 중요한 사실이었지. '그냥' 살면 된다는 것 말이야. 나도 빈둥빈둥, 아주머니도 빈둥빈둥, 당신도 빈둥빈둥. 집에는 라면이나 참치 캔, 김자반같이 괜찮은 요깃거리가 꽤나 있었고, 인스턴트가 아닌 따끈한 요리가 먹고 싶을 땐 마트에 가서 시식코너를 쓸었어. 잠이 오면 자고, 잠이 오지 않으면 누워서 별을 봤지. 그 집의 하늘은 유난히 별이 많았던 걸로 기억해. 세상 사람들이 매일 밤, 별을 하나씩 보고 잠든다면, 가장 외롭지 않은 집이었을 거야. 내가 보고 있는 별을 엄마도, 당신이 보고 있는 별을 아빠도 볼 수 있었을 테니까. 고립된 집이었지만 난 외롭지 않았어. 그 시절을 지금 떠올리면 가슴 한 편이 따스해져. 당신은 그렇지 않았겠지만 말이야. 내가 매번 당신에게 했던 말 기억해? 이봐 피터, 대체 뭐가 더 필요한데?

그래, 대체 뭐가 더 필요한데?

그 당시 당신의 눈동자는 불안, 공포, 혼란 따위로 소용돌이 쳤어. 뜬 눈으로 밤을 지새우며 뭘 그렇게 기다리던지, 쫓겨 다니던지. 가까스로 잠이 들다가도 새벽녘이면 번쩍 눈을 뜨던 당신. 무릎을 끌어안은 채 멍하니 달빛을 바라보던 얼굴의 또렷한 윤곽을 난 잊을 수 없어. 아름다웠거든. 당신이 찬양하는 것이 무엇이든—그것이 젊음이나 불멸같이 시시하고 또 시시한 것이든, 혹은 한 차원 더 나아가 젊음과 돈을 동일시하는 말도 안 되는 허구이든 간에 말이야—그것에 쫓겨 불안해하는 얼굴은 아름다웠어. 어째서 아름다울 수 있냐고? 그 얼굴이야말로 진짜 당신이었고, 결정적으로 난 당신을 사랑했거든.

하지만 당신은 그 사실을 몰랐지. 아무도 쫓아오지 않는데, 아무도 겁주지 않는데 홀로 불안에 떨 뿐이었어. 내가 다다가 손이라도 내밀면 그 멍한 눈빛으로 날 빤히 쳐다봤지. 실어증에 걸린 사람처럼, 뭔가 말하고 싶은데 소리를 끄집어낼 수 없는 사람처럼, 당신은 입을 벌렸다, 닫았다, 벌렸다, 닫았다를 반복했어. 무엇을 말하고 싶었던 걸까. 나를 사랑한다는 말이었다면 참 좋았을 텐데.

가스 속에서 당신의 목숨을 구한 건 나였지만, 살아도 사는 게 아닌 지옥 속에서 당신을 건져낸 건 내가 아닌 당신의 이모였어. 참 찌질했지. 난 당신이 좀 더 큰 그릇일거라 믿었는데, 뒤통수 맞았어. 고작 로션 샘플 용기밖에 안 되던 사람이더군.

두꺼운 밍크코트를 입고 무릎까지 올라오는 부츠를 신은 채 우리 집까지 찾아 온 당신의 이모는 참 인상적인 사람이었어. 뚱뚱했지. 꽉 동여맨 부츠 끈 사이로 다리 살이 울퉁불퉁 튀어나올 정도였어. 빼빼 마른 아주머니와 자매라는 게 믿기지 않았어. 그녀는 서울 번화가에서 운영하던 카페를 당신에게 부탁했어. 잘나가는 남편 내조를 위해 호주로 이민을 간다나, 뭐라나. 그 순간 당신의 얼굴에 피어나던 생기, 활력. 내가 아무리 어르고 달래고 어루만져주어도 눈꽃여왕처럼 시퍼렇기만 했던 얼굴에, 벌건 동백꽃 같은 홍조가 띠는 걸 난 보고야 말았어. 드디어 돈을 벌 생각에, 젊음을 쟁취할 생각에 들떠 있던 당신. 당신은 그런 사람이었구나. 결국 당신도 돈, 그놈의 돈의 노예였구나.

시티 홀. 카페의 이름이었어. 한글 간판이었기에 도시의 구멍인지 시청인지 알 수 없었어. 하지만 당신은 그곳의 이름 따위엔 관심이 없었지. 다른 걸 해보고자 했지. 그게 뭐냐 물으니 약을 팔겠대. 온갖 강장제와 정력제, 몸에 활력을 주고 젊어지게 하는 약. 난 비웃었지만 당신은 전혀 연연해하지 않았어. 이모로부터 사업자금까지 덩달아 받은 당신은 일을 벌이기 시작했어. 나 따위는 안중에도 없었지.

그 이후로 당신이 어떻게 시티 홀을 개업하고 지금의 모습에 이르렀는지, 나는 몰라. 떠나 있었으니까. 돈을 벌 생각에, 혹은 젊어질 생각에 들떠 활기에 찬 당신의 모습이 싫었으니까. 당신도 결국 돈을 가질 수 있다면, 젊음을 가질 수 있다면 케첩이고 초장이고 상대의 얼굴에 뿌릴 수 있는 사람이었던 거야. 언제쯤 사람들은 욕심을 버릴 수 있는 거지? 대체 왜 그렇게들 뭔가가 더 필요한 거지?

난 말이야, 피터. 당신을 참 사랑했었어. 사랑, 이란 단어가 낯설거나 어색하다면 생각이란 말도 좋아. 당신을 늘 생각했으니까. 사랑이란 결국 내 하루를 지배하는 생각이니까. 난 늘 당신 생각에 흐뭇했고, 가만히 앉아 있어도 행복했거든. 세상이 아름다웠고 이토록 아름다운 세상에 당신과 함께 있는 난 아무도 부럽지 않았어. 내가 당신 덕에 그렇게 행복했어. 고마워, 고마워.

하지만 분명히 말하건대 지금은 아니야. 내가 사랑했던

건 도시가스 호스를 자르고 누워 있던 당신의 눈에서 떨어진 그 눈물이었지. 갈색 약병에 정체를 알 수 없는 알약을 차곡차곡 담는 당신이 아니야. 난 당신의 삶에 드리운 우울과 공포, 두려움을 사랑했나 봐. 모두들 상대가 행복하길 바라는 게 사랑이라 말하지만, 난 그렇게 착하지 않은가 봐. 난 당신이 나를 위해서 우울했으면 해. 나를 위해서 공포에 떨었으면 해. 나를 위해 매일 뜬 눈으로 밤을 지새웠으면 해. 회의에 젖은 눈으로 달과 별을 바라봤으면 해. 그 빛에 반사되어 반짝이는 눈물과 드러나는 또렷한 얼굴의 윤곽이 그리워. 내가 사랑하는 건 그토록 비참한 당신이기에, 난 당신이 비참했으면 해.

원래 사랑은 이기적인 거야. 헤어지지 않는 연인이 없듯, 이타적인 사랑도 없어. 적어도 난 그렇게 생각해. 그래서 피터, 지금 난 당신을 사랑하지 않아.

그러니 우리 사랑타령 그만하게. 눈부신 잔디밭 위에서 기타 들고 노래는 당신 혼자 불러. 더 이상 아무것도 믿지 않으니 말이야.

다시 그곳으로 돌아간 이유는, 시티 홀을 기어코 찾아 들어간 이유는 당신 때문이 아니었어. 아주머니가 걱정됐다고 말할래. 그까짓 탱탱한 살과 아름다움, 불멸에 눈이 멀어 어머니에겐 관심조차 없었던 당신 같은 아들새끼를 경멸했거든. 그래서 아주머니를 보살피려 들어간 거야. 당신이 시티홀을 개업한 후로 아주머니는 자꾸 뭘 씹으셔. 내가 뱉으라고 재촉하면 꿀꺽 삼켜버리셔. 아주머니를 잘 살펴, 피터. 뭘 드시고 사시는지, 뭘 가장 좋아하는지. 눈을 떼지 말고 살펴. 어머니잖아. 끝까지 당신을 최우선으로 삼는, 세상에 둘도 없는 어머니잖아. 그니까 살펴. 나를 사랑해달란 말은 하지 않아. 그러니, 어머니를 사랑해줘.

나는 사랑할 수도, 볼 수도 없는 어머니를, 당신이 대신 사랑해줘.

7
괜찮아? 괜찮아.

동생이 옷장 문을 닫는 소리에 퍼뜩 깼다. 몇 시쯤 됐을까. 두 눈은 감은 채 이불을 헤집으며 핸드폰을 찾았다. 배터리가 다 됐는지 까만 액정은 묵묵부답이다. 반쯤 열린 창문으로 썰렁한 바람이 들어왔다. 몇 시인지 알 길이 없었다. 알고 싶지도 않았다. 부들부들한 이불을 머리끝까지 쓴 채, 다시 잠의 세계로 빠져든다. 따뜻하고 보드라운 내 속의 숨결만이 나를 감싼다. 온몸을 가뿐히 들어 올려주는 폭신한 이불 속에서 난 비현실적인 현실을 까마득히 잊는다. 용량 부족으로 메시지를 받을 수 없대요, 카카오 톡을 실행하기만 하면 바로 꺼져요, 배터리가 자꾸 빨리 닳아져요. 나보고 어쩌라고요. 나랑은 상관없는 일이라니깐요? 모든 전화를 뿌리치고 난 하늘로 올라간다. 검은 구두를 벗어던지고 하얀 실크로 된 이불로 벗은 몸을 감싼 채, 어떤 근심도 재촉도 할 일도 없는 곳으로 증발한다. 가볍게, 가볍게.

수십 개, 수백 개의 꿈의 공간을 거치므로 심심하지 않고, 난 아무것도 하지 않기에 피곤하지도 않은 그곳에서, 영원히 머무르고자 한다. 잠이 이루어낸 망각의 공간, 허무의 공간에 나를 내맡긴다. 그래. 이거야. 돌아가고 싶지 않아. 저 지겨운 현실의 시간으로, 저 지겨운 각성의 공간으로 돌아가고 싶지 않아.

머리맡의 전화벨이 울린다. 이불을 더욱 끌어올려 나를 똘똘 만다. 전화벨이 끊이질 않는다. 잠 속에 상주하고자 한참을 노력하던 난 결국 손을 뻗어 수화기를 집었다. 귀에 댔지만 아무 소리도 들리지 않았다. 거꾸로 잡았다는 걸 깨닫고 방향을 바르게 돌렸다.

—뭐하냐, 핸드폰 꺼놓고?

—꺼져…….

—꺼지라고?

—아니, 꺼졌다고.

시계를 보기 위해 핸드폰을 켰다. 일어나서 한 발자국만 걸으면 보일 시계를, 귀찮아서 볼 수가 없었다. 누운 채 시간을 보기 위해 어차피 곧 꺼질 핸드폰을 켜고 있는 내가 우습게 느껴졌다. 핸드폰은 5:38pm라는 글자만 휘청거리며 보여주더니, 바로 꺼져버린다.

—여태껏 잤어?

—아니, 낮잠 잔 거야.

—낮잠을 왜?

—아침에 일찍 일어났더니 좀 피곤해서.

거짓말이 술술 흘러나온다. 어제 저녁 7시쯤, 아무것도 하기 싫다며 이불을 둘러썼던 게 몇 백 년 전처럼 느껴졌다. 대체 몇 시간을 잔 거야. 눈물과 눈곱이 눈썹에 덕지덕지 들어붙어 눈이 떠지질 않았다. 그냥 이대로 떠나버리고 싶다. 아무도 날 볼 수 없는 곳, 더 이상 할 일이 없는 곳, 씻지 않아도, 머리를 감지 않아도, 먹지 않아도, 살지 않아도 되는 곳, 그런 곳으로.

—밥 안 먹었지? 나와.

—귀찮아.

—안 씻고 나오는 건 괜찮은데, 안 입고 나오는 건 안 돼. 입고만 나와.

—어딘데.

— 너희 집 앞.

무심하게 끊기는 전화와 함께 온 집안이 정적에 묻힌다. 주말인데 집에 아무도 없나 싶어, 귀 기울여 보지만 어떤 인기척도 들려오지 않는다. 완전히 나 혼자란 생각에 안도하지만 동시에 불안해한다.

고양이세수로 간단히 눈곱만 떼고 야구 모자를 눌러쓴 채 아파트를 나왔다. 이를 안 닦았다는 사실을 깨달은 건 이미 엘리베이터에서 내린 후였다. 친구는 음악을 들으며 우편함에 기대어 있었다. 그의 옆에 서 있는 까만 기타 가방이 또 한 명의 친구 같았다. 저렇게 큰 걸 매일매일 업고 다니면 혼자여도 외롭진 않겠다는 생각이 들었다.

— 뭐 먹을래.

— 곱창.

— 말고.

— 닭발.

— 말고.

— 선지국.

— 내가 안 먹는 것만 골라 말하지 말고.

짜식, 어떻게 알았대. 난 눈을 흘기며 친구를 바라봤다. 그사이 많이 홀쭉해져 있었다. 고등학교를 졸업하고 간간히

연락을 하긴 했지만 직접 만난 건 처음이었다. 그동안 뭐 하고 살았는지. 어떻게 살았는지. 살아 있긴 했는지.

친구는, 사실 6년 사귄 남자친구였다. 애인이었고, 연인이었다. 무엇이 우리를 만나게 했는지는 또렷이 기억하지만 무엇이 우리를 헤어지게 했는지는 기억나지 않는다. 눈을 떠보니, 정신을 차려보니, 문득 고개를 들어보니 우린 헤어져 있었다. 남자친구는, 애인은, 연인은 어느새 그냥 친구가 되어 있었다. 난 그 사실에 감사했다. 그냥, 친구가 되어 있다는 것 말이다.

우리가 사귈 때, 그는 늘 내게 물었다. 괜찮아? 그럼 난 항상 똑같이 대답했다. 괜찮아. 그때 우린 괜찮냐는 말에 미쳐 있었다. 아침인사로 괜찮아, 점심인사로 괜찮아, 저녁인사로 괜찮아, 사랑해 대신 괜찮아, 미안해 대신 괜찮아, 고마워 대신 괜찮아. 그렇게 우린 서로 괜찮기만을 바랐다. 헤어진 지 모르고 헤어진 날 밤, 헤어졌다는 사실을 문득 깨달았을 때 그가 전화했었다.

— 괜찮아?

난 주저 없이 대답했다.

— 괜찮아.

내 대답에 그는 한참 있다 다시 말했다.

— 정말 괜찮네, 생각보다.

그렇게 전화는 끊겼다. 실제로 난 괜찮았다. 우린 서로의 괜찮음을 확인하는 것이 사랑의 확인이었기에 헤어졌어도 괜찮으면 그만이었다. 괜찮냐고 물어봐줄 사람이 없어 외로웠지만, 고독했지만, 괴로웠지만, 사랑한다고 말해줄 사람이 없어 외롭진 않아 다행이었다. 6년 동안 남의 힘을 빌려 확인한 괜찮음을 갑자기 나 혼자 확인하려니 버겁긴 했지만 남들이 겪는 실연의 아픔은 없었다. 그만큼 미적지근했지만, 정말이지 그만큼 괜찮은 연애였다.

친구는 내 입에서 냄새가 난다며 삼겹살을 먹으러 가자 했다. 정확히 말하면 생마늘에 삼겹살을 먹자고 했다.

— 입에서 냄새가 나는데 마늘을 왜 먹어?

— 마늘 먹으면 마늘 냄새만 날 것 같아.

그런 얼토당토않은 이유로 우린 고깃집에 갔다. 아직 초저녁이라 그런지 사람이 많지는 않았다. 뜨거운 불판 위에 칼집 난 벌집삼겹살이 얹어지고, 친구는 자기 몫의 마늘을 불판 위에 부었다.

— 넌 생 거 먹어. 난 구운 거 먹을게.

생마늘이든 구운 마늘이든 사실 난 다 안 먹었다. 내겐 상추 위에 깻잎, 들깨가루를 묻힌 고기, 그 위에 쌈장, 구운 마늘, 마지막으로 파절이 듬뿍과 같은 체계나 순서, 법칙 따위가 없었다. 고기, 특히 삼겹살을 먹으러 가서 내가 하는 일은 딱 세 가지로 압축됐다. 첫째, 젓가락을 든다. 둘째, 익은 고기를 집는다. 셋째, 입에 넣는다.

친구는 내가 고깃집에 와서 고기만 먹는다는 사실을 알고 있었다. 그래서 그는 앞에 앉아 고기를 굽기만 했다. 간간히 노릇하게 구워진 마늘만 집어먹는 모습이 안쓰러웠다.

—괜찮아?

내가 물었다. 뭐가 괜찮냐고? 그냥, 다. 구운 마늘과 고기, 그런 것 말고도 세상엔 괜찮아야 할 것들이 너무 많았다. 그래서 물은 것이다. 괜찮냐고.

—괜찮아.

그는 선선히 대답했다. 그의 목에 난 기다란 흉터가 눈에 띄었다. 처음 본 게 아닌데, 처음 본 것처럼 가슴이 아려왔다. 그 상처에 주렁주렁 매달려 있는 이야기들이 떠올라 더욱 먹먹해졌다. 우리 모두 보이지 않는 혹들을 온몸에 달고 있겠지, 혹부리영감처럼. 이 상처에 하나, 저 상처에 하나, 그 구구절절한 사연이 담긴 혹들을 어떻게 해야 떼어낼 수 있을까. 도깨비에게 가서 꾀라도 부려야 하는 걸까. 목구멍으로 넘어오는 뜨거운 불덩이를 삼키며 애써 즐거운 목소리를 냈다.

—나 승진했다?

—어쩌다가.

—어쩌다가라니, 그냥, 일 잘하니까 승진했지.

—뭐로?

—비서!

—비서?

친구가 한 쪽 눈을 찡그리며 되물었다.

—커피 따르냐?

—음, 비슷하긴 해.

친구가 생마늘을 내 앞접시에 부었다.

—마늘이나 먹어.

—너 비서 뜻이 뭔 줄 알아?

—비굴하게 서 있는 사람.

난 내 앞의 생마늘을 다시 하나하나 집어서 불판에 올렸다. 그리고 익은 고기를 친구의 앞접시에 놓았다. 많이, 많이.

—아니야. 비굴하게 서 있는 거 맞긴 한데, 뜻은 좀 더 좋아.

—뭔데?

—'비'가 '비밀'할 때 비다? '서'는 '책 서'고.

친구는 내가 놓아준 고기를 맛있게 먹었다. 오물조물, 쩝쩝거리며. 저렇게 맛있게 먹을 걸 어떻게 참았을까 싶었다.

— 신기하지 않아? 비밀의 책이잖아. 비서의 '비'자가 비밀의 '비'라니!

오버하며 목소리를 높이는 나를 뚫어지게 쳐다보던 친구가 입을 열었다.

— 그래서, 사장이랑 비밀이라도 있냐?

난, 그대로 멈췄다. 한 손엔 물 컵을 쥐고 젓가락을 쥔 다른 한 손은 고기를 집으러 가는 길이었다. 장난으로 넘길 수 있는 말이었는데, 그렇게 들리지 않았다.

— 있구나.

친구는 대수롭지 않게 말했다.

— 승진해서 좋냐?

다시 대수롭지 않게 물었다. 고기가 지글지글 익고 있었고 마늘은 한 쪽 면을 까맣게 만들며 타들어갔다. 훅 끼쳐오는 고기 냄새가 갑자기 역겹게 느껴졌다. 주위의 모든 사람들, 목둘레만 누렇게 때가 탄 와이셔츠를 입은 아저씨랄지, 이제 막 걸음마를 떼기 시작한 어린 아이에게 계란찜을 먹이고 있는 아줌마랄지, 빳빳한 군복을 입고 고기를 허겁지겁 집어먹는 휴가 나온 군인들이랄지, 이 모든 사람들이

고깃집을 나가서 풍기게 될 냄새가 역겨울 거라는 생각이 들었다. 그건 나와 친구에게도 마찬가지였다. 이곳을 나가면 '냄새 나는 존재'가 될 우리들이 역겹다고 느껴졌다.

정신을 차렸다. 젓가락을 제자리에 놓고 물 컵에서 손도 뗐다. 괜찮았다. 정말로 괜찮았다. 우리는 이런 사이였기에, 서로의 괜찮음을 최종 목적으로 삼는 사이였기에, 정말로 괜찮을 수밖에 없었다.

— 괜찮아.

편안한 웃음을 지어보였다. 승진한 것도 괜찮았고, 사장과 비밀이 있어도 괜찮았고, 네가 그렇게 물어보더라도 괜찮았다. 다 괜찮았다.

— 이건 내 인생이잖아. 네 인생이 아니라, 내 인생이잖아.

친구는 턱을 괴고 날 바라봤다.

— 어떤 아저씨 차에 타는 널 봤어. 그 차가 어디로 가는지 따라가기까지 했어.

난 무릎 위에 놓인 가디건을 만지작거렸다.

— 사랑한다고 안아주는 사람이 없다 해서, 네가 아무한테도 사랑받지 않는 건 아니야. 너 자신에 대한 자존감을 높여.

자존감, 이라는 단어에 코가 아파왔다. 마늘은 먹지도 않았는데 눈이 매웠다.

— 그래도 내가 최선을 다해 사랑했던 사람이야, 넌.

난 가디건을 들고 일어섰다. 이제 고기는 쉭쉭거리며 타고 있었고, 마늘도 더 이상 형체를 알아볼 수 없게 불판에 눌어붙어 있었다. 그 모습이 다 닳은 나 같았다. 더 이상 불판에서 그 모습 그대로 떼어낼 수 없는, 철수세미로 박박 긁어내야 하는 다 탄 마늘 같았다.

— 괜찮아.

들릴 듯 말듯 작게 속삭이곤 식당을 나왔다. 손엔 얇은 가디건을 꽉 쥐고 모자는 더욱 푹 눌러쓴 채, 세상에서 가장 못생기고 가장 찌질한 내가 걸어간다. 무작정 내가 걸어간다.

그렇게 무작정 걸어 도착한 곳이 결국 시티 홀이었다. 환하고 밝은, 티끌 없이 새하얀 그곳엔 거울이 없었다. 거울을 안 본 지 참 오래됐다는 생각을 했다. 거울을 손에 달고 살았던 내가, 대학 입시 실기 고사장에서조차 캔버스 대신 거울을 바라봤던 내가, 언제부턴가 거울을 멀리하게 되었던 것이다. 무슨 일일까. 내 미모는 여전히 뛰어난데, 내 얼굴은 여전히 아름다운데.

시티 홀의 유리문을 열었다. 썰렁한 바람이 발끝을 스치고 지나갔다. 홀에 원탁만 덩그러니 놓여 있을 뿐, 아주머니도, 남자도, 여자도 없었다. 창가로 다가가 복권이 있는 서랍 쪽 의자에 앉았다. 두 눈을 손으로 꽉 누르며 까만 배경 위에 펼쳐지는 불꽃놀이를 바라봤다. 그 속으로 빨려 들어가고 싶었다. 불꽃과 함께 힘차게 튀어 올라, 불꽃과 함께 한 순간 찬란하게 퍼지고, 불꽃과 함께 허망하게 사라지고 싶었다. 그런 게 인생이라면 백 번이고 태어날 수 있을 것 같았다. 백 번이고 솟아올라, 백 번이고 새로운 모습을 보여준 뒤, 백 번이고 허망하게 죽을 수 있었다.

서랍을 열어보니 복권은 여전히 그 모습 그대로 있었다. 시시함과 동시에 왠지 모를 안도감이 엄습했다. 누가 볼세라 서랍을 재빨리 닫고 조커를 끌어왔다. 내가 휘갈겨 쓴 두 문장이 보이고 그 다음 장엔 여자의 짧은 말이 적혀 있었다.

이게 뭐하는 짓인지. 몇 년을 함께했던 우리들이 왜 이토록 묘한 평균대 위에서 아슬아슬 서로를 밀칠 궁리만 하는 것인지. 이게 옳은 일인지.

그 문장들을 찬찬히 바라보고 있는데, 홀 옆에 딸린 방에서 정체 모를 소리가 났다. 얼핏 들었을 땐 우는 소리인가 싶었는데, 주의 깊게 들으니 여자와 남자의 신음소리였다. 한창 절정에 오른 것 같았다. 조커를 들고 있던 난 순간 멍해졌다.

방 앞으로 다가가 방문에 귀를 댔다. 고장 난 이어폰으로 야동을 '듣는' 기분이었다. 거친 숨소리와 작은 신음이 들려왔다. 말은 없었다. 그냥 숨과 비명, 탄성, 신음, 포효 같은 지극히 동물적인 소리들만 무자비로 끼쳐왔다. 멍하니 그걸 계속 듣고 서 있었다. 절정은 길었다. 아니 어쩌면 영원히 절정에 오르지 못한 것일 수도 있었다. 그들은 평생 절정이거나, 평생 절정일 수 없거나 둘 중 하나였다. 후자이길 바랐다. 출처를 알 수 없는 씁쓸한 피 맛이 입안을 감돌았지만 애써 외면하며 그들이 내는 소리를 계속 듣기만 했다. '저건 사랑이 아니야.'라고 중얼거리며 난 방문에 귀를 더욱 밀착시켰다.

그렇게 한참을 서 있던 난 이 모든 게 부질없어 보였다. 무욕? 젊음? 지랄하고 자빠졌네. 어쨌든 저것이 사랑이 아니란 것만은 분명했다. 난 슬쩍 비웃음을 흘리며 다시 조커

앞으로 돌아왔다. 여자의 문장들 밑에 두꺼운 매직으로 이렇게 휘갈긴 뒤 시티 홀을 나섰다.

그럼 네가 버려버리면 되잖아, 이 더러운 년아.

나, 놀라지 말고, 나

그래, 나야. 사랑하는 친구들. 지금은 새벽 3시야. 열려 있는 문을 밀고 이곳에 들어왔어. 편의점이 24시간 문을 열어놓고 사는 이유는 눈 뜨고 장사를 하기 때문이지, 당신들처럼 불만 밝게 켜놓아서가 아니야. 제발 문이라도 잠그고 자. 불을 안 끄면 강도가 안 든다니? 봐, 나처럼 술 취한 미친년이 새벽에 들어와서 조커에 글을 쓰고 있잖아. 나, 술은 좀 마셨지만 정신은 멀쩡해. 그래서 첫 차 다닐 때까지 기다릴 겸, 몇 글자 적어 보려고. 매번 읽기만 하던 내가 결국 진짜로 펜을 들어. 조커를 펼치고 새하얀 종이를 바라봐. 긴 글을 쓰겠다고 결심해. 너희의 교환일기 놀음에 훼방을 놓으려는 건 절대 아니야. 당신들은 내가 마음에 들지 않겠지만, 난 시티 홀이 좋아. 시티 홀에 사는 당신들도 좋아. 다 멋진 사람들이야, 그렇고말고.

난 편의점에서 일하면서 세 가지 운명을 만났어. 그 운명들은 살아서 움직였고, 내게 말을 걸었고, 제안을 했어. 난 그 셋 중 어느 것 하나 제대로 가지지 못한 것 같아. 그래서 자꾸만 떠돌아다녀. 어느 한 곳에 정착하지 못하고 부유해. 그래서 난 가끔, 그 세 가지 운명 모두를 저주해.

첫 번째 운명은 여자, 당신이야. 더러운 년이라 해서 미안해. 하지만 널 표현하기에 그보다 적절한 단어를 찾을 수 없었어. 넌 내게 작업을 걸었어. 비가 오는 날 우산 대신 양파링을 주라 했고, 비가 오지 않는 날 우산 위에 내 번호를 따갔어, 여자의 몸으로. 난 레즈비언이 아니었는데, 내 성적 취향을 묻지도 않고 말이야. 그래놓고 잠자리는 남자랑 갖더군. 이 위선자야, 넌 정말 더러운 년이야.

하지만 난 그게 당신의 매력이라 생각해. 그러니까 멍청하지만 겉은 번지르르한 그가 너한테 사랑한다 말하지. 그는 네게 푹 빠졌어. 하지만 넌 아니지? 그래, 아닌 거 알아. 너희 둘이 하는 거, 그건 사랑이 아니야. 착각하지 마.

난 당신을 증오해. 내 핸드폰 번호를 마음대로 가져가선 문자 메시지를 보낸 당신은 날 저승으로 데려가려 했던 저승사자였어. 나는 다 알아. 내가 대학은 안 나왔지만, 그래도 그 정도는 알아.

넌 서클렌즈가 세상에서 제일 맵다고 했어. 웃기는 소리. 이 세상에 서클렌즈보다 매운 게 얼마나 많은데. 게다가 건조하고, 뻑뻑하고, 신경질 나는 것들은 더욱 더 넘쳐난다고.

우리가 사는 세상이 건조하고, 뻑뻑하고, 신경질 나는 피자 도우라면, 그 위에 뿌려지는 피자 토핑들이 진짜로 매운 놈들이야. 난 매일같이 그 토핑들을 맞고 살았어. 얇은 밀가루 반죽에 이젠 네 발이 되어버린 두 손과 두 발을 악착같이 붙이고 내 위로 떨어지는 토핑들을 견디어냈어. 그게 내 인생이야. 내 인생을 얕보지 마.

무욕? 지랄을 해라, 지랄을. 무욕도 결국 욕심이란 사실, 욕정이란 사실을 모르는 거야, 모른 체 하는 거야? 한 번도 그런 아이러니에 봉착해본 적 없어? 네 년은 아무것도 갖지 않겠다는, 아무것에도 눈독들이지 않겠다는 욕심에 눈이 먼 거야. 돈에 눈이 멀어, 안정적이고, 성공적인 삶에 눈이 멀어 무슨 짓이든 하는 나나, 욕심을 갖지 않겠다는 욕심에 눈이 멀어 무슨 짓이든 하는 너나 결국 같은 인간이라고, 결국 이 세상을 살아가는 더러운 인간이라고.

남자, 당신도 똑똑히 알아둬. 젊음을 위해 젊음을 다 보내버린 당신은 이 시대 진정한 고자야. 난 멍청한 당신이 죽도록 좋지만, 동시에 죽도록 미워. 당신의 인생 이야기에 울고 웃었지만, 결국 남은 건 당신이 병신이란 사실, 그 하나뿐이야.

난 당신들이 하는 짓거리를 이해할 수 없고 이해하고 싶지도 않아. 사실 처음엔 신기했어. 새로운 공기와 새로운 사람은 내 긴장의 끈을 팽팽히 잡아당겼고, 하루하루 조커를 읽는 것도 즐거웠어. 하지만 그건 생전 처음 우산을 본 원숭이가 우산살을 잡아당기는 것과 같은 동물적인 호기심에 불과해. 결국 원숭이는 우산살을 과하게 잡아당기다가 우산을 고장내버려. 나도 마찬가지야. 당신들의 삶 속에 내 살을 부대껴보려다가 결국 당신들의 삶도, 내 삶도 고장내버렸어. 미안해. 하지만 그건 우산을 원숭이에게 보여준 사람의 잘못이지, 우산이 너무 신기해서 잡아당겨 봤을 뿐인 멍청한 원숭이의 잘못이 아니야. 끝까지 내 잘못은 없었어.

두 번째 운명은 내게 복권의 당첨 확인을 부탁한 남자야. 그는 좋은 사람이었어. 그가 너무 멋진 사람이라서, 난 그에 대해 거의 아무것도 몰랐지. 그리고 어쩌면 그 사실이 이 비극을 초래했는지도 몰라. 어디에 살고, 어떤 회사에 다니며, 무슨 직위에 있는지 알았더라면 지금 우리는 좀 더 행복했을지도. 인간이 자신을 과시하는 것이 그 자신만을 위한 행위가 아닐 수도 있다는, 위기에 대처하는 데 꼭 필요한 행위일 수 있다는 어처구니없는 깨달음이 빠르게 스쳐가.

세 번째 운명은 우리 사장이야. 우리, 라고 말하니 굉장히 친숙하게 들릴지 모르지만 내가 다니는 회사의 사장이니 우리 사장 맞잖아. 그는 그저 내가 가장 싫어하지만 두 번째로 친절하게 대하는 손님에 지나지 않았어. 골초에 마초인 더러운 돼지였고 다방커피 광이었지. 하지만 그는 내게 있어 하늘이 내려준 동아줄이었어. 동아줄에는 온갖 수치와 치욕, 더러운 욕망이 질척질척 묻어 있었지만, 난 망설이지 않고 그 줄을 잡았어. 그리고 여기까지 올라왔어. 그 줄을 잡고, 온몸에 그 오물들을 묻히며 굴하지 않고 위만 보고 올라갔지. 땅에 빌붙어 무욕이니 젊음이니 하는 것들을 찾고 있는 너네에게 고통을 쪼개 나눠주면서, 그렇게 올라갔지. 남보다 높은 곳에 있다는 건 참 편리한 일이었어. 갖기 싫은 것들, 이를테면 고통, 분노, 슬픔, 가난, 결핍 같은 것들은 아래로 던져버리면 되었거든. 그것들은 중력의 도움을 받아 아래로, 아래로 미련 없이 떨어졌어. 그리고 너희 같은 애들이 받아먹었지. 난 가벼워져서 더, 더, 위로 올라갔어. 이게 이 세상 순리야. 더러운 동아줄을 잡을 수 있는 자가 결국 가장 가벼워져. 가장 높은 곳에 올라.

언제부턴가 거울을 보지 않아. 거울 대신 또각또각 걸어가는 내 검정구두를 봐. 티끌 하나 없는 에나멜 재질의 검정구두는 햇빛에 반사되어 놀랍도록 아름답게 반짝여. 자신 있게, 당당하게 힐이 주는 긴장감과 자신감에 몸을 맡겨. 위태로운 게 아냐. 나태하지 않은 거야. 힐의 속성이란 그런 거야. 그래서 난 행복해. 높은 검정 구두 위에서, 움츠린 다른 사람들을 보며 난 쾌락을 느껴. 아래공기는 상쾌하니? 속으로 물으며 씩 웃어.

아리수에 이틀 불린 서클렌즈도 끼지 않아. 내가 보는 세상은 청명해. 선명하고 아름다워. 더 이상 난 불쌍한 사람이 아니라서, 눈물 젖은 눈으로 세상을 바라볼 이유도 없어. 눈알을 찌르는 고통 속에서 착 가라앉은 마음을 애써 달랠 필요도 없어. 난 행복해졌으니까. 더 이상 4,400원의 시급을 받는 편의점 알바생이 아닌, 매일 아침 대기업에 출근해 사장의 서류를 정리하고 그의 커피를 타는 직속 비서니까. 먹고 살만한 월급이 아닌, 잘 먹고 잘 살만한 월급이 나온단 말이야. 동료들과 고급 레스토랑에 가서 고기도 썰고, 주말이면 뮤지컬과 연극을 보고, 백화점에서 내게 잘 어울리는 옷과 구두를 사. 옷을 사러 가면 옷을 보고, 밥을 먹으러 가면 맛을 보고, 장을 보러 가면 물건을 본다고. 옷을 사러 가도 가격을 보고, 밥을 먹으러 가도 가격을 보고, 장을 보러 가도 가격을 보는, 결국 평생 뭘 하든 가격만 보게 될 너희와 얼마나 근본적으로 다른 삶인지 느껴지기나 해?

돈이란 그런 거야. 돈이 있으면, 우리가 보는 삶이 달라져. 그 질이 달라져. 무욕이니 젊음이니 하는 것들을 신봉하는 너희와 난 근본적으로 다른 세상을 보고 있다고. 같은 세상에서 같은 공간을 공유하고 있지만 너희가 보는 하늘과 내가 보는 하늘은 다르단 말이야.

그런데 왜 복권을 가져가지 않는 거지? 돈이 있으면 너흰 곰팡이 핀 천장 대신 푸르른 하늘을, 더 나아가 끝을 알 수 없는 광활한 우주 속에 살게 돼. 너희도 알잖아. 알면서, 아주 잘 알면서 대체 왜 그걸 가져가지 않는 거지?

당신들은 정말 양심적인 사람들이군. 탐욕과 돈에 눈이 멀어 어떤 추잡한 동아줄이라도 움켜쥐고 보는 나와는 차원이 다른 사람들인 거지, 그렇지? 그래서 난 당신들이 마음에 들어. 미치도록 미련하거든. 미치도록 멍청하고, 또 그래서 매력 있는 거겠지. 내가 당신들 손에 복권을, 당신들 돈으로 주고 산 게 아닌, 그런 연금복권을 쥐어주고 싶어 안달이 난 이유가 그거야. 돈의 맛을 보여주고 싶어. 20년 동안 한 달에 500만 원씩, 세금 빼고도 약 400만 원씩 들어올 그 돈의 맛을, 한 번 느껴보라는 거야.

하지만 당신들은 정말 양심적인 사람들이었지. 너무나도

청렴하고 깨끗한, 티끌 하나 없는 맑은 사람들이었지. 복권엔 아무도 손을 대지 않았어. 좋아, 인정할게. 당신들의 그 의지와 무욕 아닌 무욕을.

그래서 한 번 더 기회를 주려 해.

난 이틀 뒤 이곳에서 완전히 떠날 생각이야. '완전히'의 의미는 정말 완전해. 난 시티 홀과는 상관이 없는, 상관이 없었던 사람이 되고자 해. 머리카락 한 톨도 남기지 않고 떠난다는 뜻이야. 내 기억 속 시티 홀을 지우고, 당신들 기억 속 나를 지우고, 내 기억 속 당신들을 지울 거야. 내가 정식 회원이었던 적이 있었는지는 모르겠지만, 로그아웃을 넘어 완전히 회원탈퇴를 하겠다 이거지.

사실 오늘 그러려고 했어. 오늘이다, 싶었는데 서랍 속에 죽은 듯이 가만히 누워 있는 복권을 보니, 또, 섭섭하잖아. 괜히 미안하잖아. 우울하잖아. 기회를 줘야지. 복권에게도, 당신들에게도. 원래 기회란 마지막에 나타나 시작을 만드는 거니까.

이틀 뒤에 다시 올게. 다시 와서 완전히 사라질게. 여전히 유리문 앞에 놓여 있는 저 우산, 우산 위의 내 번호, 조커

속 내 글, 서랍에 놓여 있을, 혹은 놓여 있지 않을 복권. 그런 자질구레한 것들을 가지러 이틀 뒤 다시 올게. 그때 봐, 혹은 보지 말자.

첫차가 다니는 소리가 들려. 누군가는 노트북을 끄고 잠들 늦은 시간에, 가장 일찍 일어난 버스 기사는 새벽안개를 뚫고 한적한 도시를 달리겠지. 그 버스에는 반쯤 죽어 있는 회사원들이 타고 있어. 그들은 집이 회사와 지나치게 먼 것을 한탄하며 무거운 눈꺼풀을 내려놓을 거야. 신새벽, 의자에 널브러진 시체들을 태우고 버스를 달리던 아저씨는 어느 날 문득 미소 지을 테지. 자신의 삶의 축복에 대하여 생각하면서. 삶에 일정한 시작과 출발, 아침과 기상, 첫차와 첫 식사가 있다는 건 축복이야. 행복이야. 규칙과 일정, 계획이 있는 삶이란 그런 것이 없는 삶보다 훨씬 자유롭고 여유 있어. 그래서 난 지금 행복해, 당신들과 다르다 이 말이야.

고마웠어. 남은 이틀 동안 홀로 있을 저 복권을, 잘 부탁해.

8
갈치라니, 갈치라니, 갈치라니

일정한 순서도, 규칙도, 방향도 없이 던져진 엄청난 양의 서류를 연도순으로 정리하기 시작한 지 네 시간째다. 아침 7시에 출근해 일을 시작했는데 벌써 점심시간이 다가오고 있었다. 1980년대부터 2000년대까지, 보고서 끄트머리에 자그맣게 적힌 연도와 날짜를 확인하는 일은 무척 지겨웠다. 무슨 고대 유물인 양 글씨가 흐려져 잘 보이지 않는 것부터 날짜 표기를 깜빡했는지 아무리 뒤져도 언제 적 서류인지 알 수 없는 것도 많았다. 엉덩이가 방석에 늘러 붙는 기분이 들 때쯤 난 의자에서 벌떡 일어났다.

다행히 절반은 넘게 한 것 같았다. 도무지 연도를 알 수 없는 서류를 빼면 얼마 남지 않기도 했다. 뱃속에선 포장이 사라도 하는 양 드르륵, 끄르륵 소란스러웠다. 책상 위를 대충 정리하며 점심을 먹어야겠다고 생각했다.

10월이 끝나가면서 급격히 추워진 날씨는 오늘따라 무척 을씨년스러웠다. 이른 아침부터 햇빛을 가리던 검은 먹구름은 이제 하늘을 빈틈없이 가리며 도시 전체를 암울한 흙탕물 속에 가두어놓은 것 같았다. 아까부터 흩날리기 시작한 빗방울은 이제 제법 굵어져 있었다. 나무들은 일제히 한 방향으로 그렇지, 그렇지, 하며 고개를 끄덕이고 가지에 매달린 잎사귀들조차 나무의 생각을 따른다는 듯 동조했다. 고층 건물이라 그런지 검은 하늘은 더욱 가까워보였고 손을 뻗으면 금방이라도 우중충한 먹구름 한 움큼을 집어올 수 있을 것 같았다.

유난히 비가 많이 온 한 해였다. 전면 유리로 된 벽에 다가가 침울한 도시를 바라봤다. 내가 태어난 곳, 내가 태어나서 자란 곳, 내가 살고 있는 곳, 서울. 대체 이곳이 어떤 곳이기에, 이토록 수많은 사람들이 모여서 서로의 살을 부대끼며 죽어라 살아가는지 의아해졌다. 무엇에 미련이 남아, 무엇에 사랑을 느껴 그토록 간절히 살고 있는가.

그렇담 나는?

나 자신에게 다시 질문했다. 너는 무엇에 그토록 미련이 남아, 무엇에 그토록 사랑을 느껴 이제껏 살아 있느냐고. 연도를 알 수 없는, 네가 태어나기도 이전에 만들어진 서류들을 정리하며, 배불뚝이 사장에게 매일같이 다방커피를 정성껏 타서 내밀며 이렇게 그렇게 살아 있느냐고.

그냥.

그래, 그냥. 난 소리 내어 말해보았다. 입에서 나온 입김이 유리창에 닿자마자 뿌연 구름으로 얼었다. 그냥, 정말 그냥. 돈이 좋은 이유, 돈을 가져야 하는 이유, 돈을 가져서 살아야겠는 이유, 돈을 가져서 더 잘 살아야겠는 이유, 모두 그냥.

도시를 다시 한 번 내려다봤다. 30층에서 내려다보는 도시는 레고로 만든 작은 미니어처 같았다. 교통체증에 갇혀 느리게 굴러가는 자동차들과 신호를 기다리는 가지각색의 우산들, 오래되어 철거를 앞둔 아파트 단지, 그 앞의 번쩍이는 대형 마트. 모두가 정말 열심히들 살아가고 있었다.

더 나은 집을 위하여 옛것을 철거하고 새 것을 지었으며, 더 나은 생활을 위하여 대형 마트를, 더 나은 교통을 위하여 지하철을 만들었다. 다들 그렇게 열심히 쌓아가고 있었다. 내공과 벽돌을, 스펙과 기술을. 왜 그렇게 애쓰냐 물으면, 무엇에 그리 미련이 남아 열심이냐고 물으면, 모두들 똑같이 대답할 것이다.

그냥, 이라고.

외투를 집어 비서실을 나가려는 순간 창밖으로 또 다른 한 무리의 사람들이 보여 발길을 멈췄다. 우울하게 내리는 빗속에 새하얀 방진복을 입고 서 있는 사람들. 하얀 마스크와 하얀 모자를 쓴 채 내가 있는 이 건물을, 아니 어쩌면 나를 바라보고 있는 사람들. 검은 흙탕물 속에서 새하얀 지점토 덩어리를 건져낸 기분이 들었다. 그 하얀 덩어리가, 그 어떤 것에도 오염되지 않은 지점토 덩어리가 내 식도를 타고 올라와 목으로 넘어오는 것 같았다.

'저 중에 작은아버지도 있겠지.'라고 생각하며 무리를 빤히 쳐다보았다. 열심히 무언가를 외치는 대장과 빨갛고 파란 피켓을 들고 뒷말을 따라하는 사람들. 나의 가족을, 친척을, 친구를 죽인 회사를 향하여 목 터져라 시위하는 사람들. 반성하라, 인정하라, 규탄한다, 사과하라.

작은아버지와 눈이 마주쳤을 것 같다는 생각에, 조용히 물었다.

왜죠? 대체 왜 그렇게 열심이죠? 무엇에 그렇게 미련이 남아서, 무얼 그렇게 사랑해서, 멈추질 않는 거죠?

신호가 바뀔 때마다 엄청나게 많은 사람들이 횡단보도를 가로질러 이동했다. 초록불과 함께 어두운 색의 우산을 쓴 사람들이 우르르 몰려다녔다. 넓은 횡단보도를 부지런히 걷는 무리와 그 앞 공터에 일렬로 늘어선 채 멈춰 있는 흰 방진복의 무리가 대조되었다. 늘 그 자리에 서서 변함없이 소리치는 사람들. 무얼 바꿔보려고, 무얼 고쳐보려고, 그렇게, 그렇게.

대답은 늦지 않게 돌아왔다. 나에게만 속삭이는 것처럼, 동시에 전면 유리로 된 높은 건물을 향해 소리치는 것처럼 작은아버지의 목소리가 들려왔다.

그냥. 그냥, 이란다, 얘야.

애야. '애야.'라는 그 말에 다리가 풀렸다. 작은아버지라면, 우리가 서로 틀어지기 이전의 작은아버지라면, 분명 내 질문에 '애야.'라고 답했을 것 같아서 마음이 아팠다. 어두운 방에서 동생과 이불을 빼앗고 놀던 그 시절, 가끔 떡볶이와 순대를 사오던 작은아버지. 아버지가 어디 갔느냐 물으면 "조금 아프단다, 애야."라며 웃으며 말해주던 그가 보고 싶었다. 작은아버지는 오래된 TV의 고장 난 꼭지를 고쳐주고 싶어 하셨다. 나와 동생은 뉴스 전문 채널이 아닌, 투니버스 같은 만화 채널을 봐야 할 때라면서. 우리에게 올 때마다 채널 돌리는 꼭지를 새로 사오셨지만 꼭 맞는 것은 하나도 없었다. 외할머니의 작은 화장대 위엔 서로 다른 모양의 채널 돌리는 꼭지들이 쌓여만 갔고, 우린 결국 그 방을 나올 때까지 뉴스만 봐야 했다.

나를 '애야.'라고 불러주는 작은아버지는 더 이상 없었지만 그는 백 번 다시 물어봐도 내 질문에 '그냥'이라고 대답할 것 같았다. 그냥. 그냥, 이란다, 애야. 세상 모든 일에 마땅한 이유와 논리가 있는 것은 아니란다. 그냥, 내가 내키니까, 그래야 할 것 같으니까 살고, 살고, 사는 거란다. 그렇게 사람들이 다 그냥, 그냥 살기 때문에 이 세상이 굴러가는 거란다.

비 내리는 도시 한복판에 하얀 방진복을 입은 그들이 얼른 이 흙탕물을 헤치고 나왔으면. 지점토 같이 새하얀 그들이 어서 빨리 더 나은 삶을 살았으면, 하고 바랐다. 높은 구두 위에서 난 잠깐 휘청였다.

데스크에서 일하는 아이와 점심을 먹었다. 나를 언니라 부르며 잘 따르는 귀여운 친구였다. 그녀는 갈치 백반을, 나는 고등어 백반을 시켰다.

—갈치는 말이죠, 언니.

그녀가 젓가락을 들고 말했다. 늘 생기발랄한 아이였다.

—가시를 바르는 게 아니라, 살을 분리하는 거예요. 볼래요?

그녀는 두 손으로 젓가락을 한 쪽씩 잡더니 갈치 한 토막의 4분의 1정도 되는 지점을 푹 찔렀다. 그리곤 조심스럽게 세로로 쪼개기 시작했다. 놀랍게도 살과 뼈가 한 줄로 가지런히 분리되기 시작했다. 다른 한 쪽도 그런 식으로 분리하더니 토막의 가운데를 가로지르는 큰 뼈의 윗부분을 조심스레 들어내 내 밥 위에 올려주었다. 하얀 살이 조금의 손상도 없이 그 모습 그대로를 유지하고 있었다. 커다랗고 탐스러운 갈치 살이 먹음직스러웠다.

—짱이죠?

—응, 진짜 멋있다.

—엄마가 갈치 음식점을 해요. 갈치구이는 물론이고, 갈치조림, 갈치 찌개까지 할 줄 알아요. 갈치만 있다 하면 못하는 음식이 없어요.

—아아, 그럼 갈치 좋아해?

—고등학교 때까지는 갈치가 세상에서 제일 싫었어요. 원래 짱깨집 아들이 짱깨 잘 안 먹는다고 하잖아요. 아우, 정말 싫었어요. 정말로.

그녀는 싫다고 말하면서 갈치의 다른 한 쪽 살을 분리해냈다. 자신의 밥으로 가져가더니 끝을 조금 떼어 김이 올라오는 흰 밥과 함께 한입에 넣었다. 맛있게 씹는 모습이 복스러웠다.

—온몸에서 갈치 냄새가 나는 것 같았어요. 생선 비린내 말예요. 매일 매일 데톨로 몸을 벅벅 씻었어요. 엄마는 가까이도 못 오게 했고요.

그녀가 올려준 갈치를 조금 맛보았다. 짭짤하게 간이 잘 배어 있었다.

—근데 고등학교 검정고시 통과하고, 취직해서 서울 올라오니까, 이 갈치가 그렇게 먹고 싶더라고요. 서울 올라온

첫날, 고시원 책상에 혼자 앉아 있는데, 계속 갈치 생각이 나는 거예요. 페이스 북을 하고, 음악을 듣고, 커뮤니티 사이트를 들락거리면서 그렇게 혼자 앉아 있는데, 요놈의 갈치 생각에 아무것도 못하겠는 거예요.

갈치, 갈치라. 내게 갈치란 어떤 의미의 생선인가, 갈치 살을 오물거리며 생각에 잠겼다. 아무 의미도 없었다. 내게 갈치란 수많은 생선 중 하나일 뿐, 그 이상도 그 이하도 아니었다. 바다 어딘가에 갈치가 헤엄치고 있겠지, 세상 어딘가에 내가 살고 있겠지. 그래, 그런 생선도 존재하겠지.

—근데 이 갈치라는 게, 먹고 싶다고 뭐 어디서 시킬 수 있는 것도 아니고, 막 그렇잖아요. 서울 처음 왔는데 어디서 갈치를 먹어야 할지도 모르겠고, 그게 엄마가 만들던 그 맛이 날까도 염려스럽고. 그래서 그날 밤새도록 갈치, 갈치, 갈치거리다가 갈치 꿈을 꾸며 잤어요.

—갈치 꿈?

—네, 갈치 꿈이요. 갈치라는 이름이 갈치가 칼처럼 생겼다고 붙은 건데요. 음, 우리 아빠가 알코올중독자였어요. 매번 술에 취해 가게에서 엄마를 때리곤 했지요. 한 번은 늘 맞기만 하던 엄마가 결국 칼을 들었어요. 기다란 생선 손질용 칼이었는데, 그 칼을 들고 아빠를 향해 달려들던 엄

마를 제가 막았어요. 그래서 이 흉터도 생긴 거고요.

그녀가 소매를 걷어 팔뚝에 난 기다란 흉터를 보여주었다. 꿰맨 자국이 선명하게 보였다. 그녀가 절대 가디건을 벗지 않는 이유를 알 것 같았다.

— 저한테는 그게 꽤나 큰 트라우마였나 봐요. 그 일이 있은 후로 매일 밤 악몽을 꿨어요. 엄마가 결국 아빠를 찌르거나 저를 찌르고 마는, 그래서 피가 높이 솟는, 뭐 그런 꿈을요. 근데, 서울 온 첫 날에 꾼 꿈에선 엄마가 든 게 칼이 아니라 갈치였어요.

그녀가 쿡, 쿡 거리며 웃었다.

— 웃기지 않아요? 늘 갈치를 손질하고, 갈치로 요리하고, 갈치와 함께 살던 엄마가 아빠에게 대항하기 위해 갈치를 들다니요. 기다란 갈치를 높게 든 엄마는 굉장히 위엄있어 보였어요. 그 표정도 엄청 비장했고요. 갈치는 뻣뻣하게 서서 은색으로 반짝였던 것 같아요. 저희 집은 냉동 안 쓰는데 그건 냉동 갈치였나? 왜 그게 서 있었지?

그녀는 계속 킥킥거리며 웃었다. 나도 씩 웃으며 밑반찬으로 나온 취나물 무침을 들었다. 갈치라니, 갈치라니, 갈치라니, 난 계속 생각하다 그녀에게 물었다.

— 그래서? 그래서 어떻게 됐어?

— 그래서라뇨?

— 그래서 엄마가 이겼어? 아님, 뭐 네가 막기라도 했어?

— 아이 참, 언니는. 그게 뭐가 중요해요. 사실 그 이후로는 기억도 안 나지만 잘 됐겠죠, 뭐. 갈치를 칼처럼 든 엄마를 보고 안 웃을 사람이 어디 있어요. 셋 다 배꼽 빠져라 웃다가 화해하지 않았을까요?

호탕하게 웃는 그녀의 얼굴이 참 아름답다고 생각했다. 난 그녀의 그 웃음을 보며 계속 생각했다. 갈치라니, 갈치라니, 갈치라니. 갈치가 누군가에겐 이렇게 큰 삶의 일부가 될 수 있다니. 갈치를 칼처럼 든 엄마며 위엄이라니, 화해라니. 난 그런 단어들을 생전 처음 들어본 것처럼 반복해 중얼거렸다. 아이가 '분리해준' 갈치의 하얀 살을 오물거리며 두 볼이 화끈해짐을 느꼈다.

점심을 먹고 아이를 먼저 보낸 뒤 지하철을 탔다. 시티홀에 들를 생각이었다. 사장의 책상에 외부 업무 때문에 늦을 수 있다는 쪽지를 붙여놨으니 날 찾을 일은 없었다. 사실 사장은 내 '생활'에 참견할 뿐, 내가 하는 '업무'에는 거의 관심이 없었다. 난 다른 직속 비서들에 비해 자유로운 편이었다. 그래도 혹시 모를 호출을 위해 걸음을 빨리 했다.

낮이었지만 추적추적 내리는 비와 하늘을 가득 메운 먹구름 때문에 사방이 어두웠다. 우중충한 날씨와 함께 번화가의 활기도 죽어버린 것 같았다. 과자 껍질이며 맥주 캔이 빗물에 쓸려가고 있었다. 내가 일하던 편의점이 있는 골목으로 들어갔다. 시급 4,400원을 받고 일하는 알바생은 여전히 핸드폰을 만지작거리며 시간을 죽이고 있었다. 불과 몇 달 전의 내 모습을 보는 것 같아 씁쓸해졌다.

시티 홀은 여전히 편의점 알바생의 뒤통수를 바라보며 그 자리에 묵묵히 서 있었다. 다만 언제나 환했던 유리창이 깜깜했다. 이렇게 어두운 날 왜 불을 안 켜고 있는지, 아니, 아무리 환한 아침이라도 불을 켜고 살던 시티 홀이 웬일인지 의아했다. 유리문에서 흘러나오던 작은 불빛마저 없어 더욱 어두운 계단을 오르며 난 조금 비틀거렸다.

다행히 문은 열려 있었다. 다만 문 앞에 늘 세워져 있던 우산이 사라지고 없었다. 열리는 문을 따라 드르륵 소리를 내며 끌려갔어야 할 우산이 없으니 기분이 이상했다. 한 번도 이런 적이 없었는데 홀엔 차가운 한기까지 맴돌았다. 사람은 아무도 없었다.

창가 쪽 서랍을 향해 달려갔다. 의자에 발이 걸려 몸이 고꾸라지고 가까스로 가운데 서랍을 열었다. 텅 비어 있었다. 복권은 사라지고 먼지 몇 톨만이 나뒹굴고 있었다. 그 자리에 그대로 주저앉았다.

허무했다.

허망했고 허탈했고 허무했으며 허했다. 가슴에 구멍이 뻥, 뚫려 그 사이로 찬바람이 드나드는 것 같았다. 너무나 많은 걸 잃어버린 기분이 들었다. 비단 1등에 당첨된 복권뿐만이 아니었다. 그것에 대한 미련이나 욕심은 복권을 서랍 속에 넣는 순간 버린 지 오래였다. 어째서 이런 상황을 예측하지 못했을까. 복권을 잃어버리는 순간, 더 많은 걸 잃어버릴 게 분명한 것을. 평생 후회하게 될 것을. 왜 이토록 미련했을까.

뻥 뚫린 가슴 사이로 드나드는 바람이 차디차서, 눈물이 났다. 죽도록 외로웠다. 그동안 내가 의지하고, 기대고 있었던 무언가가 순식간에 무너진 것 같았다. 눈물이 남과 동시에 피식, 웃음이 났다. 무얼 기대했기에, 어떤 결말을 원했기에 이토록 못 견디겠는지 이해할 수 없었다. 모두 내가 자초한 일이었고, 그들이 어떤 결말을 맺든 모든 원인은 나였다. 그런데 알 수 없는 실망감에 한없이 서러웠다. 우선이 상황에서 멀쩡하지 못한 내가 실망스러웠고, 이런 결말을 낸 그들이 원망스러웠다. 바닥에 주저앉자 허벅지에 차가운 대리석이 달라붙었다. 늘 불을 켜고 살던, 늘 이곳을 지키고 있던 사람들이 그리웠다. 그 따뜻함이, 인정이 그리웠다. 완전히 혼자가 된 기분이었다. 날 둘러싸고 있는 약병들이 이런 나를 비웃었다. 네가 원한 게 이런 거 아니었어? 라며 날 쏘아보는 것 같았다. 어두운 하늘과 어두운 시티 홀 아래서 난 그렇게 한참을 앉아 있었다. 그리고 갈치를 떠올렸다. 갈치를 든 엄마를 떠올렸고, 꽁꽁 언 채 은색으로 반짝이는 기다란 갈치를 상상했다. 갈치를 높게 들고 선 엄마의 위엄을, 그 모습을 보고 깔깔깔 배꼽 빠져라 웃는 아이와 아빠를 생각했다. 갈치라니, 갈치라니, 갈치라니. 지금 이 순간에도 태평양 어딘가에서 갈치가 헤엄치고 있겠지. 기다란 몸을 출랑대며 앞으로 나아가고, 은빛 비늘을 반짝이겠지. 커다랗고 동그란 눈을 치켜뜨곤, 열심히, 열심히 살아가고 있겠지.

갈치라니, 갈치라니, 갈치라니. 난 중얼거리며 두 눈을 꼭 눌렀다. 손가락에 까만 마스카라가 묻어나왔다. 벌떡 일어섰다. 원탁 위에 있는 조커를 집어 들었다. 무슨 말이라도 있을까 싶어 뒤적여봤지만 마지막 글은 내가 쓴 것이었다. 복권을 잘 부탁한다는 말이 외롭게 마지막 출구를 지키고 있었다.

조커에 있던 내 글들을 찢어서 버리고, 한창 자주 들를 때 두고 다니던 몇 가지 소지품들을 챙겼다. 옆에 딸린 방문을 열어보려 했지만 굳게 잠겨 있었다. 시티 홀을 빙 둘러보았다. 벽에 가득한 선반과 그 위를 빼곡히 메운 가지각색의 약병들, 한 쪽 구석에 쌓여 있는 포장지와 박스들, 그리고 원탁. 우리가 늘 앉았던 하얀 원탁과 의자들이 보였다. 허한 가슴을 움켜쥐었다. 걸레를 짜듯, 이 어쩔 줄 모르는 마음을 두 손으로 비틀어 꾸욱 짜고 싶었다. 그럼 더럽고 까만 구정물이 뚝, 뚝 떨어질 것만 같았다. 그러고 나면 좀 더 나아질 것 같았다. 이 알 수 없는 뻐근함과 공허함이 구정물과 함께 쓸려갈 것 같았다.

번진 화장을 정리하고, 또각또각 시티 홀을 걸어 나와 지하철을 탔다. 오후 한 시의 지하철은 한산했다. 아무도 앉지 않은 긴 의자에 홀로 앉아 생각했다. 누굴까. 구차했지만, 유치했지만 궁금한 건 어쩔 수 없었다. 이건 외로움이나 슬픔과는 별개의 문제였다. 누굴까.

남자라는 생각이 자연스레 들었다. 저번에 서랍 앞에 쪼그려 앉아 있는 그를 봤던 것이 떠올랐기 때문이다. 게다가 여자와 남자, 아주머니 중 돈에 욕심이 있는 사람은 남자밖에 없었다. 연합 복권 주식회사에 가서 천연덕스럽게 주민등록증과 복권을 내민 뒤 계좌를 적어준 남자는 어머니를 데리고 먼 곳으로 떠났을 것이다. 앞으로 한 달에 한 번 그의 통장으로 돈이 입금될 것이고, 그는 앞으로 20년 간 먹고 살 걱정은 없었다. 어쩌면 그냥 먹고 사는 게 아니라 잘 먹고 잘 살 수도 있었다. 영원한 젊음에 미련을 못 버려 성형외과로 직행했을 수도 있다. 보톡스를 맞고, 주름 제거를 한 뒤 제 2의 나르키소스가 되어 거울 앞에서 수선화로 굳어갈지도.

그렇담 여자는? 남자가 여자를 함께 데리고 갔을지도 모른다. 남자는 그녀를 사랑했으니까. 하지만 여자는 좋다고 따라갈 사람이 아니었다. 그녀에겐 그녀의 신조와 의지가 있었다. 그녀는 '내가 이해할 수 없는 방식으로' 올바른 사람이었다. 난 이해할 수 없었지만 그녀는 괜찮은 여자였고, 괜찮은 친구였다. 돈에 눈이 먼 남자를 말리면 말렸지, 따라갈 사람은 아니라는 알 수 없는 신뢰가 갔다. 그렇게 믿고 싶기도 했다. 어쩌면 앞으로 20년, 돈 걱정 없이 행복한 삶을 꾸려나갈 그들의 모습을 상상하기 싫었을 수도 있다. 이렇게 내가 구차했다.

지하철에 멍하니 앉아 안내방송을 들으며 난 범인이 남자라고 확신하게 됐다. 당연히 남자일 수밖에 없었다. 가방 속에서 핸드폰을 꺼냈다. 문자 메시지 함을 뒤져 시티 홀에서 온 멀티 메시지의 발신번호를 확인했다. 당연히 정상적인 전화번호가 아니었다. 뭘 기대한 건지, 정상적인 번호라면 전화라도 해보려 한 건지. 내 행동이 한심해서 웃음이 나왔다. '시티 홀로 오세요. 베이글 + 커피가 천 원!'이라는 문구를 빤히 쳐다봤다. 나와 전혀 상관없는 문구가 됐다는 느낌이 들 때까지 뚫어지게 쳐다보았다. 그러다 문득 낯설어지는 순간, 이게 뭔가 싶어지는 순간, 미련 없이 메시지를 삭제했다. 막상 삭제하고 나니, 별일도 아니었다. '넌 더 이상 시티 홀이 생각나지 않아.'라고 광고판의 예쁜 여자가 환하게 웃으며 대신 말해주었다. 나도 중얼거렸다. '그래, 난 그게 뭔지 도무지 모르겠어.'

지하철에서 내려 조금 걸으니 회사 건물이 보였다. 그 높은 건물을 향해 부지런히 걸었다. 조금 늦은 것 같았다. 난 다시 내 일상으로 돌아간다. 내 인생에서 시티 홀은 쏙 빠지고 그 공백은 다른 무언가로 채워질 테다. 이를테면 갈치, 갈치 같은 것으로 말이다. 갈치를 칼처럼 든 엄마의 위엄과 비장한 표정 같은 것으로 말이다. 그러므로 내 인생에 공백은 없다. 난 여전히 내 검정구두를 보며 걷는다. 휘청이는 순간이 와도, 위태로운 순간이 와도, 난 내 길을 걷는다. 모두에겐 각자의 길이 있기 마련이니까. 깊은 바다 속에서 유유히 헤엄치는 갈치의 길이 있듯, 새하얀 방진복을 입은 작은아버지의 길이 있듯, 암울한 흙탕물 속에도 내 길이 있기 마련이니까.

난 높은 구두를 신고 고층 건물의 회전문을 민다.

0
진실, 다시 원점으로

이 나라의 하수구엔 뚜껑이 없다. 인도와 차도의 경계를 따라 움푹 파여 있는 기다란 하수구는 지겹도록 시커멓지만 그다지 깊지는 않다. 길을 걷다 보면 아주 작은 소리가 크게 들리는 경우가 있다. 아주 작은 것들이 아주 작은 세상 속에서 내는 소리들 말이다. 바퀴벌레들이 줄지어 이동하며 시멘트벽을 긁는 소리나, 작은 새앙쥐가 찍찍거리는 소리다. 난 이런 작은 몸부림에 감탄하며 차도 앞에 서 있곤 한다. 신호등도, 횡단보도도 없는 길 앞에서, 보행자가 길을 건너든 말든 쌩쌩 지나다니는 자동차들을 바라보며, 그 소리에 귀 기울인다. 무어라 속삭이는 건지, 무얼 향해 그리

바쁘게 움직이는지, 난 알지 못한다. 다만 귀 기울이고 관심 가질 뿐이다.

하수구에 뚜껑이 없어서, 따뜻한 햇살과 눈부신 해변을 즐기기 위해 이 나라를 찾은 관광객들은 예기치 못한 봉변을 당하기도 한다. 큰 한 걸음으로 뛰어넘어야 하는데 한 발짝 모자라 엎어지는 외국인들을 보는 내국인들의 시선은 차갑다. 다가서서 그들을 도와주거나 손을 잡아주거나 하지 않는다. 나도 물론이다. 그렇게 엎어지는 사람들은 대다수가 쌍욕을 내뱉는다. 손으로 바닥을 집는 순간 그들의 입에서 터져 나오는 말들은 그 밑에 사는 작은 생물들보다 훨씬 더럽고 천박하다.

내리쬐는 햇살을 손바닥으로 가리며 길 앞에 멍하니 서 있던 난 문득 할 일을 깨달은 사람처럼 바삐 걷기 시작한다. 차들을 피하며 길을 건너고 초록색으로 빛나는 정원들을 지난다. 관광도시인 이곳의 풀들은 하나같이 빛나는 초록색이며 예쁘게 정돈되어 있다. 그 일률적임에 감탄하다가도 가끔 고개를 저으며 한숨을 내쉬기도 한다. '제멋대로 자라지 못하는 생명이란 얼마나 비참한가.'라고 중얼거리며 난 여전히 바삐 걷는다.

넌 잘 지내주었다. 잘 지내서 정말 다행이었다. 네가 이

미 겪은 아픔보다 더 큰 아픔을 겪었더라면, 더 큰 시련에 빠졌더라면 어쩌면 내가 먼저 견디지 못하고 무너졌을지도 모르겠다. 정말 다행이라고 생각한다. 너라는 사람을 만나, 너라는 사람에게 이 모든 것을 맡길 수 있어서 말이다.

가장 빠르고 효율적인 길을 고민하다 야시장 쪽으로 몸을 튼다. 밤이면 살아나는 항구도시는 가장 신선하지만 동시에 가장 역겹다. 아직 시장에 들어서지도 않았는데 생선 비린내가 후각을 자극한다. 시장에서부터 흘러나온 핏물 섞인 바닷물이 벌써부터 바닥을 적시고 있었다. 잠깐 내가 온 길을 후회한다. 하지만 다시 길을 돌아가기엔 꽤나 멀리 와 버렸다. 후회의 시점이란 늘 이 정도다. 다시 돌이킬 수 있는 상황에서 하는 후회란 후회가 아닌 조금 길어진 고민일 뿐이다.

넌 복권을 가져간 사람이 남자라고 생각했다. 지하철에 앉아 멍하니 생각을 하다가, 남자일 거라고 확신을 한 뒤, 핸드폰에 저장된 시티 홀의 광고 메시지를 지웠다. 그리곤 다 잊은 사람처럼, 정말 아무것도 모르겠단 표정으로 회사의 유리문을 밀었다. 검정색 정장을 입은 네 모습이 마음에 들지 않았다. 검정색 구두를 신은 네 걸음걸이도 마음에 들지 않았다. 내게 있어 넌 영원히 빨간 니트 위에 청록색 앞치마를 두르고 밝게 웃는 편의점 알바생이었다. 내가 유리문을 여는 순간 수줍게 웃으며 말보로 레드를 내미는 내 삶의 단비 같은 존재였다. 듣기만 해도 온몸을 옥죄어오는 회사나, 정장, 구두라는 단어에는 어울리지 않는 여자였다.

하지만 넌 틀렸었다. 네가 그렇게 확신을 하고 사흘이, 아니, 나흘이 지났을까. 넌 전면유리로 된 네 비서실에서 야간 근무를 하고 있었다. 가득 쌓인 서류에 승인 도장을 찍는 의미 없는 노동을 하며 다른 한 손으론 끊임없이 믹스너트를 집어먹었다. 밤을 샐 작정으로 점심시간에 마트에 들러 사온 대(大)자짜리 통이 벌써 반이 비어 있었다. 사실 일이 끝나도 집으로 돌아갈 엄두가 나지 않는 밤이었다. 끔찍한 날씨 때문이었다. 천둥번개를 동반한 폭우는 날이 어두워지자 더욱 거세어졌다. 넌 그 넓은 비서실에 홀로 앉아 조금 무서워했던 것 같다. 믹스너트를 부러 큰 소리로 씹고 있었으니 말이다. 땅콩이, 호두가, 아몬드가, 잣이 네 입 속에서 와자작 깨졌다. 번개는 널 자꾸 놀라게 했고 천둥은 네 어깨를 움츠러들게 했다. 창문을 내다보기가 두려울 정도로 비는 무자비하게 쏟아져 내렸고 거대한 먹구름은 짙어져갔다.

우렁찬 천둥소리에 온몸을 움츠리던 너는 갑작스레 울리

는 핸드폰의 진동소리에 더욱 깜짝 놀랐다. 하지만 네 표정엔 곧 반가움이 서렸다. 모르는 번호이지만 전화라는 바깥세상과의 접촉에 왠지 모를 위안과 안정감을 얻은 모양이었다. 표면이 오돌토돌한 꿀 땅콩을 입에 넣으며 넌 도장을 찍던 손을 뻗어 핸드폰을 집어 들었다.

야시장에 나오는 물품은 당연히 생선이다. 이 동네 주민들도 생선이 아닌 다른 것을 사러 야시장에 나오진 않는다. 시커먼 밤에 노란 백열등을 켜놓고 생선을 손질하는 상인들의 모습은 다소 비장해 보이기까지 하다. 웬만한 도끼보다도 클 것 같은 사시미칼로 생선의 머리를 쳐내는 모습을 보며 외국인 관광객들은 비명을 지른다. 생선의 피가 분수처럼 솟아오르고 그 옆을 지나던 여자 관광객의 흰 블라우스에 검붉은 점들이 무수히 튄다. 여자는 소리를 꽥 지르지만 칼을 든 상인은 그러든 말든 묵묵히 제 할 일을 할 뿐이다. 까무잡잡한 얼굴엔 하루 동안 누적된 피로가 가득하다. 여자는 거의 우는 표정을 하며 친구에게 욕을 지껄이기 시작한다. 한국말이다. 난 그들에게서 시선을 돌린다.

넌 전화를 받았다. 다른 쪽 손은 다시 아몬드를 집기 위해 통을 뒤적이고 있었다. 넌 아몬드를 가장 좋아했다. 아몬드에겐 그 어떤 첨가물도 필요하지 않을 만큼 다양한 맛이 있었다. 달았고, 고소했으며, 짭짤함과 동시에 살짝 씁쓸하기도 했다. 넌 '여보세요.'라고 습관처럼 말했고 집은 아몬드를 입술 사이로 비집어 넣었다. 그리고 잠시 후 살짝 고개를 숙이더니 책상 모서리에 떨어진 호두 부스러기에 시선을 맞췄다. 입은 신중히 아몬드를 씹었다. 전화는 누구에게서 걸려온 것일까.

생선 내장이 바닥에 널브러져 있다. 바나나 껍질보다도 밟으면 더 미끄러운 것이 내장일 테다. 난 바닥을 보며 더러운 것을 피해 다닌다. 상인들은 내게 먹물로 뒤범벅된 생오징어를, 머리가 잘린 커다란 우럭을, 손바닥 두 개를 합쳐 놓은 것보다도 큰 키조개를 내밀며 길을 막는다. 가격을 큰 소리로 외치더니 '싸요, 싸요.' 하며 내 눈을 간절히 바라본다. 날 가로막는 것들을 최대한 정중히 사양한다. 야시장에서 산 생선들은 신선하지만 더럽다. 이들에게 위생 관념이란 없으며 신선한 생선이 곧 최고의 먹거리일 뿐이다. 난 핏물이 흐르는 방향을 따라 끊임없이 걷는다.

천둥번개를 동반한 폭우는 서울 어디에서나 마찬가지였다. 구름의 모양은 각기 달랐지만 서울 북쪽에서도, 서울 남쪽에서도 검은 하늘은 무섭고 쏟아지는 비는 두려웠다. 서울 어딘가의 ─ 아니 어쩌면 서울이 아닐 수도 있겠다 ─ 한

적한 거리, 생뚱맞게 서 있는 공중전화박스 안에 한 여자가 서 있었다. 비를 쫄딱 맞아 머리고 옷이고 모두 젖어 있었다. 온몸을 덜덜 떨고 있는 모양새가 무척 추운 모양이었다. 끊임없이 무언가를 씹고 있었는데 난 그게 껌이 아니란 사실을 알고 있었다. 그녀는 아무것도 그려지지 않은 새하얀 우산을 자신의 점퍼 속에서 꺼냈다. 우산은 그 이름이 무색하게 물 한 방울 맞지 않아 뽀송뽀송 말라 있었다. 우산이 비에 맞을까 꼭 안고 거리를 걸었던 모양이다. 우산은 제 주인을 보호하지 못해 송구스럽다는 표정을 짓고 있었다.

얼마간 더 걸으니 드디어 소음과 악취가 멀어지는 듯하다. 야시장의 풍경이 조금씩 사그라진다. 난 다시 한적한 길을 걷는다. 밤이 되자 낮엔 뜨거웠던 날씨가 순식간에 식는다. 제법 싸늘한 바람이 불어온다. 난 걸음을 더욱 빨리 한다. 배가 고프진 않지만 누군가는 분명 시장할 수 있는 시간이다.

그녀는 공중전화 박스 안에서 우산을 펼쳤다. 아무것도 그려지지 않은 새하얀 우산이 팡, 하고 터졌다. 제법 짱짱해 보였다. 그녀는 우산을 비잉 돌리다가 갑자기 멈췄다. 아랫부분을 응시하는 그녀의 눈빛이 흔들렸다. 까만 매직으로 쓰인 숫자들이 거기 놓여 있었다. 네가 쓴 것이었다. 넌 수많은 남자들에게 대시를 받아왔지만, 여자에게 번호를 요구받은 건 처음이었다. 넌 황당해 하면서도 우산의 맨들맨들한 표면에 네 핸드폰 번호를 적어주었다. 그 번호들이 그녀의 눈망울 속에서 소용돌이치고 있었다. 그녀는 점퍼 주머니를 뒤져 동전 여러 개를 꺼냈다. 동전을 투입구에 집어넣은 뒤 번호를 누르는 그녀의 손길이 심하게 떨렸다. 단순히 추워서 그랬던 것일까.

난 낡은 아파트 단지로 들어선다. 관광객들이 다니는 거리를 메우던 파릇파릇한 관상용 식물들은 더 이상 찾을 수 없다. 갈색으로 바삭바삭 말라가는 커다란 잎을 가진 나무들이 아파트 입구를 지키고 있을 뿐이다. 사실 말라가는 건 나뭇잎뿐만이 아니다. 이 아파트에 찌든 삶이, 찌든 주민들이, 그 속의 균열이 모두 말라가고 있다. 낮에는 뜨거운 햇빛에, 밤에는 건조한 바람에. 소리 없이, 바삭바삭 타들어가고 있다.

그녀는 수화기를 얼굴에 바짝 붙였다. 공중전화 수화기가 내뿜는 특유의 냄새 — 그건 수많은 사람들의 침 냄새인가, 하지만 또 그렇게 끔찍한 냄새는 아니지 않나 — 에 코를 박고 네가 전화를 받길 기다렸다. 넌 그 순간, 아몬드를 입에 넣으며 핸드폰을 집었고 그녀의 목소리를 듣자 책상 모서리의 호두 부스러기에 시선을 고정시켰다. 네가 아몬드를 입에 넣을 때 전화기 저편에서 그녀도 무언가를 구겨 입에 넣었다. 넌 그게 뭔지 알고 있었을까. 남자는, 여자는 알고 있었을까. 영수증이었다. 그녀는 끊임없이 영수증을 씹는 습관이 있었다. 영수증은 이빨에 짓이겨져 딱딱해질 뿐 침에 풀어져 목구멍으로 자연스레 넘어가진 않았다. 그래서 더 이상 못 씹겠다 싶을 때 뱉으면 그만이었다. 그녀는 영수증을 씹었다. 위아래 턱을 최대한 많이 움직이며 과장해서 씹었다. 그녀는 자신을 잊는 것이 두려웠다. 살아 있음을 끊임없이 자신에게 증명해야 했다.

그녀는 '여보세요.'라는 네 목소리를 듣자마자 무릎이 꺾였다. 재빨리 선반을 손으로 짚었지만 온몸이 후들거리는 걸 막을 수는 없었다. 그녀는 공중전화박스 안에 주저앉았다. 수화기를 두 손으로 꼭 쥐고 말했다.

— 시발년아.

넌 이 한마디에 어떤 동요도 보이지 않았다. 전화 너머 빗소리가 너무 강해서 제대로 듣지 못했는지도 모르겠다.

어쨌든 넌 그 말을 듣곤 호두 부스러기로 시선을 옮겨 그것을 뚫어져라 쳐다볼 뿐이었다. 유리겔라가 숟가락의 목을 바라보듯이, 솜사탕장수를 마주친 아이가 엄마를 바라보듯이.

— 내가 멍청했어, 멍청했어. 고도가 그걸 가져가는 걸 말리지 못했어. 분명 행복할 수 없을 거야.

그녀는 씹던 영수증을 바닥에 뱉었다. 주머니엔 영수증이 수북이 들어 있었다. 다시 재빨리 한 장을 더 꺼내 입에 넣었다. 입은 말을 하고, 영수증을 씹고, 침을 삼키고, 울음을 삼켰다. 그녀의 두 눈은 흔들렸지만 눈물이 맺혀 있진 않았다. 다만 빠르게 중얼거릴 뿐이었다.

— 그걸 말리지 못한 나도 이렇게 마음이 아픈데, 그 아인 얼마나 아플까. 겉은 멀쩡해도 속은 문드러진 아이야. 조금만 건드려도 깊은 손자국이 남는 아이인데 어떡해. 그 년이 악마야. 복권을 우리에게 던져준 그년이 시발년이야. 우린 행복했는데, 행복했는데. 이곳에 들이지 말아야 했어. 그년을 만나면 가장 먼저 시발년아, 라고 말해줄 거야. 세상에서 가장 소름끼치는 목소리로, 세상에서 가장 한 맺힌

목소리로. 시발년아, 시발년아, 시발년아.

그녀는 두서없이 중얼거렸다. 수백 번 들은 드라마 주인공의 대사를 따라하듯, 수백 번 읽은 책의 한 구절을 읊어주듯. 그래, 그녀에겐 아들의 말을 조금씩 따라하는 습관이 있었다. 어쩌면 수차례 반복된 남자의 울부짖음을 외워버렸는지도. 그녀의 눈빛은 지쳐 있었지만 수화기를 잡은 두 손엔 힘이 들어가 있었다. 그녀는 다시 한 번 그 말을 똑같이 반복했다. 그리고 또 다시 같은 말들을 반복했다. 반복재생이 눌린 오디오 카세트처럼, 같은 말들을 계속해서 반복했다.

넌 그 전화를 끊지 못했다. 호두 부스러기를 뚫어져라 쳐다보니, 진짜로 조금 작아진 것 같다고 생각했다. 넌 핸드폰을 한참 동안 귀에 붙이고 있었다. 영어 지문을 듣는 수험생처럼 같은 말이 반복되어 나오는 카세트를 열심히 들었다. 시간이 얼마나 흘렀을까. 그녀는 대체 동전을 얼마나 많이 넣었던 걸까. 넌 여전히 전화를 끊지 못한 채 책상 위에 핸드폰을 올려놓았다. 그녀의 목소리가 바람소리처럼 멀어졌다.

남자는 여자를 사랑했다. 남자는 여자가 복권을 가지고 자신을 떠날까 봐 두려워한 동시에, 여자가 복권을 가지고 영영 떠나버리길, 자신을 떠나서 잘 살길 바라기도 했다. 남자는 유리문 뒤에 서서 여자가 복권을 꺼내는 모습을 우연히 봤고, 말리지 못했다. 남자는 조용히 좁고 긴 계단을 내려왔다. 여자를 떠나보내면서 그녀의 새로운 삶을 기도해 주었다. 하지만 곧 후회하고 있었다. 그들의 사랑은 항상 한 박자씩 어긋났다. 그녀는 그를 너무 일찍 사랑했고, 그는 그녀를 너무 늦게 사랑했다.

아파트 계단을 올라와 현관 앞에 선다. 문에 핀 곰팡이 자국이 점점 그 영역을 넓히며 올라오고 있다. 난 주머니에서 열쇠를 꺼내 문을 연다. 녹슨 경첩이 쉰 소리를 내며 운다. 집은 조용하다. 낮에 스며든 습기가 밤이 되자 벽 곳곳에 이슬이 되어 맺히고 있다. 난 잠시 그 이슬들과 현관 벽에 붙은 새카만 곰팡이들을 바라본다. 다 헤진 구두를 벗고 집으로 들어선다. 아내의 휠체어 소리가 들린다. 기계가 삐걱대는 소리지만 그건 곧 아내의 소리다.

넌 핸드폰을 그대로 책상에 둔 채 창가로 다가갔다. 새카만 하늘과 구름 사이로 가끔 비쳐오는 빛, 번개. 빛이지만 빛 같지 않은 번개의 모양이 너무나 선명해서 넌 살짝 놀랐다. 그리고 몇 초 후 서울을, 한국을, 지구를 울리는 거대한 호령, 천둥이 쳤다. 넌 멍하니 하늘을 바라봤다. 이 번개가 누군가를 한순간에 죽게 하기 위한 거라면, 이 천둥이 누군가를 호되게 꾸짖기 위한 거라면 그 대상은 반드시 자신일 거라고 생각하고 있었다. 넌 피식 소리 내어 웃었다. 네 냉소적인 웃음이 비서실을 더욱 얼어붙게 했다. 두 손으로 얼굴을 감싼 네 모습이 난 안타까웠다. 검정 구두를 신고, 검정 정장에 갇힌 채 검정 하늘을 바라보고 있는 네 모습이란 참 싸늘했다.

넌 전면 유리에 더 가까이 다가갔다. 두 손을 모아 확성기 모양을 만들고 창문에 갖다 댔다. 그리곤 속삭였다.

다들, 잘 지내요?

아내는 휠체어를 밀고 나와 나를 반긴다. 어두운 실내는 아내의 실루엣을 더욱 초라하게 만든다. 난 전등 스위치를 누른다. 하지만 불이 들어오진 않는다. 아내가 작게 속삭인다. 정전이에요. 난 살며시 웃는다. 또? 아내가 날 향해 두 팔을 벌린다. 난 그녀의 품에 안긴다. 몸이 차갑다. 그녀가 말한다. 잘 지냈어요? 오늘 아침에 봤는데 잘 지냈냐니. 난 정색을 하며 말한다. 그녀는 사랑스럽게 웃는다. 그래도 내겐 너무 긴 하루였어요. 잘 지냈어요? 난 그녀의 따뜻한 숨

곁에 잠시 의식을 맡긴다. 머리도 가슴도 배도 풍족해진다. 알 수 없는 향기에 정신이 혼미해질 무렵 나도 조용히 속삭인다.

잘 지냈어, 미안해.

제8회 이화글빛문학상 심사평

문학에서 성찰하는 대상은 사람이다. 문학의 길로 들어서기 위해 올해 글빛문학상에 응모한 3명의 응모자들이 쓴 소설들도 그렇다. 발랄하고 풋풋하고 과감하면서도 타자의 고통을 이해하려는 방법론이 치열하다. 타자란 자기 바깥의 존재만을 말하는 것은 아니다. 내 안에도 끊임없이 타자가 생겨난다. 아픈, 버림받은, 상처받은, 실패한, 소외된, 하지만 언제나 사랑받고 싶어 하는 나도 타자다. 읽는 사람이든 쓰는 사람이든 문학은 이런 타자를 아프도록 깊숙이 응시하게 하는 형식이다.

〈원〉은 엽기적 연쇄살인이라는 소재를 통해 학대받고 자란 소년의 트라우마가 이 사회의 폭력 구조를 어떻게 확대 재생산하는지를 두 개의 스토리를 교차하는 형식으로 써내려간 소설이다. 무엇보다도 순차적 현실과 트라우마가 시작된 과거로부터 역순으로 이어지는 컷 구조의 형식이 돋보였다. 그러나 과도하게 그로테스크한 폭력 묘사가 거슬렸고, 이런 주변인을 만들어낸 것은 기성사회라는, 틀에 맞춘 듯한 서사의 전개가 오히려 작품의 의미를 제한적으로 느껴지게 하는 아쉬움이 남는다.

〈장미나무〉는 6월의 장미처럼 풋풋하면서도 불안정한, 날카로운 가시를 가진 청춘의 사랑을 외피로 가진 성장소설이다. 19살의 남자아이가 채팅을 통해 만난 낯선 사람과의 관계를 통해, 완전히 다르게 보이지만 사실은 뫼비우스의 띠처럼 하나로 연결되어 있는 한 인간의 외면과 내면을 보여주고 있다. 그러나 장편소설이 기본적으로 가져야 하는 틀이나 삶에 대한 성찰에는 아직 이르지 못하고 있다.

올해의 수상작인 〈시티 홀〉 역시 '아리수에 이틀쯤 불린 서클렌즈' 같은 시각으로 세상을 바라보던 주인공이 우연한 만남과 1등 당첨된 복권을 통해 타자(자신을 포함한)와 세계의 속성을 알아간다는 점에서는 성장소설의 범주에 넣을 수 있겠다. 아르바이트를 하는 편의점에서 만난 손님이 주고 간 복권 한 장과 '베이글과 커피를 합해 천 원'에 파는 시티 홀이라는 공간, 그리고 그 속에서 살아가는 낯선 사람들을 유기적으로 연결시키며 이야기를 확장해나가는 솜씨가 탁

월하다. 내 안에 있으나 나 역시 어쩔 수 없는, 꿈틀거리는 에일리언 같은 욕망의 지형도를 풍성한 서사로 풀어놓았다. 주제의식도 뚜렷해서 문학적 내공이 엿보였고, 어떻게 이야기를 풀어나가야 하는지에 대한 고민과 기본기도 탄탄해서 신뢰감을 주었다.

3편 모두에서 젊음만이 가진 에너지와 무모함과 풋풋한 기운이 느껴진다. 피에르 노라가 말했다. 당신이 숨기는 것이 무엇인지 말해보라. 그러면 나는 당신이 누구인지 말할 수 있을 거라고. 문학이 아닌 어떤 것이 인간의 이면과 무의식을 파헤칠 수 있을까. 내년에는 더욱 많은 이화인의 당찬 도전과 모험, 청춘의 역량과 만나고 싶다는 기대를 가지면서 당선자에게 크나큰 축하를 보낸다.

정미경 | 소설가, **김미현** | 이화여대 국어국문학전공 교수, 문학평론가

작가의 말

뱃속에 벌레가 한 마리 들어앉아 있는 것 같습니다. 아무것도 안 하고 가만히 있으면 꿈틀댑니다. 별로 좋아하지 않는 사람들과 좋아하지 않는 시간을 보내고 있으면 요동칩니다. 피트, 토익, 스펙, 학점, 취업, 돈 같은 단어를 들으면 화가 나서 날뜁니다. 상당히 예민하고 활동적인 벌레입니다.

고등학교 시절, 수학과 과학 사이에 파묻혀 석차와 대학, 입시 같은 단어를 들으며 부화한 벌레입니다. 그 벌레 때문에 책을 읽었습니다. 미친 듯이, 정말 미친 듯이 읽었습니다. 자습시간은 물론이요, 기숙사에 책을 숨겨가 핸드폰 불빛을 비춰가며 읽었습니다. 마치 읽지 않으면 당장이라도 폭발할 사람처럼 그 속에 숨어 살았습니다. 벌레는 문장과 이야기를 자양분 삼아 무럭무럭 자랐습니다.

어찌어찌해서 대학에 들어왔고, 파릇파릇해야 할 1학년

신입생에게 대학은 너무나 가혹했습니다. 하루에 한마디도 하지 않고 지나가는 날들이 차곡차곡 쌓여갈 무렵, 벌레가 펑, 하고 터졌습니다. 체절들이 조각나고, 초록색 체액이 몸 곳곳에서 제 피처럼 순환했습니다. 그래서 쓴 글입니다.

무료함에 대한 증오, 외로움에 대한 혐오에서 시작된 글입니다. 그래서 무료하고 외로운 글입니다. 즐거울 리가 없습니다. 아무도 물어오지 않은 말을, 내 이야기가 아닌 것처럼 엎질러놓고, 홀로 위로 받기 위해 쓴 글입니다. 제게 소설은 그렇게 시작됩니다. 그래서 소설은 제 생존이고 삶이며 구원입니다. 소설에게 감사합니다.

벌레는 살았습니다. 언제 펑, 하고 터졌냐는 듯, 다시 살아났습니다. 소설을 쓴 덕분이고, 그 소설에 관심을 가져준 이화와 부모님, 친구들 덕분입니다. 감사합니다. 계속 쓸 수 있게 되었습니다.

『시티 홀』은 욕망에 관한 이야기입니다. 다양한 것을 욕망하는 사람들과 그것에 대처하는 그들의 자세에 대해 썼습니다. 커다란 시험관에 1등 당첨 복권과 작중 인물들을 넣어놓고 관찰일지를 쓴 기분입니다. '나'에 대해, '여자'와 '남자'에 대해 그리고 '아주머니'에 대해. 처음엔 자꾸 그들을 평가했습니다. 그렇게 행동하면 안 되지. 그건 너무 격이 떨어지는 행동이야! 이 자식 너무 독단적이잖아! 인물들에게 손가락질을 해대며 욕했습니다.

그렇게 작품을 쓰다 보니 시험관 유리에 비친 제가, 제게 손가락질을 하고 있었습니다. 삶이라는 커다란 자연 앞에서 제가 행동하는 꼬락서니나, 시험관이라는 커다란 자연 앞에서 인물들이 행동하는 꼬락서니나, 결국 어떤 잣대를 들이밀어 평가할 수 없는 성질의 것이었습니다.

누구에게나 삶은 너무 힘들고, 그런 삶 앞에선 조금 흐트러져도 괜찮다는 생각이 들었습니다. 삶이라는 거대한 자연 앞에서 이를 재는 잣대가 타인에게든 나에게든 날카로운 상처가 되지 않았으면 좋겠다는 생각을 하며 글을 썼습니다.

그리고 퇴고를 마친 지금, 제가 아직도 이런 생각을 하는지는 조금 자신이 없습니다. 일초 전의 내가 지금의 나와 같다고 자신할 수 없는 것처럼 말이지요. 사실 지금은 좀 이런 생각입니다. 누구에게나 똑같이 힘든 삶인데, 왜 누구는 올바르고 누구는 비굴한지. 왜 누구는 끝까지 올곧게 서서 투쟁하고, 누구는 간에 붙었다 쓸개에 붙는지. 이게 정말 '평가할 수 없는 성질의 것'인지.

이런 혼란 속에서 결국 결론을 냅니다. 남을 평가하기 전에 나를 되돌아보기로 말입니다. 남에게 실망하기 전에, 내겐 실망할 거리가 없나 찾아보기로 말입니다.

의식의 흐름입니다. 후일에 이 책을 발견해 작가의 말을 읽는다면 얼마나 부끄러울까요. 어린 날의 치기와 숨길 줄 모르는 우울, 세상을 다 안다는 듯한 지껄임이 훗날의 나에게 어떤 기분을 선사할지 궁금합니다. 정인아, 지금 심정이 어떠니?

이화에 글빛문학상이 있어 다행입니다. 제게 기회를 준 상입니다. 앞으로 더, 조금이라도 더 쓸 기회 말입니다. 그래서 너무나 감사합니다. 제 글을 읽어주시고, 제게 기회를 주셔서 감사합니다.

앞으로 어떤 칭찬을 받아도, 제 글에 대한 인정이 아닌, 더 주어진 시간과 기회로 알겠습니다. 제겐 글이 재주가 아닌 생존이기 때문입니다.

『시티 홀』이 있게 해준 광주과학고 어린소나무 모임에(특히 병창이와 솔이에게. 난 편애의 제왕이니까), 자습 시간에 소설책을 읽는 학생을 야단치지 않으신 광주과학고 선생님들께(덕분에 지금의 제가 있게 되었어요. 정말 감사합니다), 평생 곁에 두고 싶은 광곽 27기 친구들에게(특히 제 일처럼 기뻐해준 진주에게), 글을 쓸 수 있는 고독한 환경을 만들어준 과거

외국인 룸메이트 퀸에게(네가 아니었다면 난 글 같은 건 절대 쓰지 않았을 거야), 1학년을 끝까지 다닐 수 있도록 붙잡아준 사랑하는 15대 사생회 언니들에게(상 받은 날, 케이크 평생 잊지 못해. 모두들 너무 고마워), 책을 만들어주신 이화여자대학교출판부 여러분께, 졸작을 읽어주신 심사위원 분들께, 더불어 이화에서 날 사랑해준 모든 분들께, 무한한 감사와 사랑을 드립니다.

마지막으로, 지금의 저를 있게 해준 사랑하는 부모님께, 이 책을 드립니다.

2013년 가을

편정인

시티 홀

펴낸날 초판 1쇄 2013년 11월 14일
지은이 편정인
펴낸이 김훈순
펴낸곳 이화여자대학교출판부
주소 서울특별시 서대문구 이화여대길 52(우120-750)
등록 1954년 7월 6일 제9-61호
전화 02) 3277-2965(편집)
02) 362-6076(마케팅)
팩스 02) 312-4312
전자우편 press@ewha.ac.kr
홈페이지 www.ewhapress.com
책임편집 민지영
디자인 신성기획
찍은곳 스크린그래픽

ISBN 978-89-7300-990-9 03810

값 12,000원

이 도서의 국립중앙도서관 출판시도서목록(CIP)은 서지정보유통지원시스템 홈페이지(http://seoji.nl.go.kr)와 국가자료공동목록시스템(http://www.nl.go.kr/kolisnet)에서 이용하실 수 있습니다. (CIP제어번호 : CIP2013022159)